千年王国の盗賊王子

聖櫃の守護者

氷川一歩

white heart

講談社X文庫

目次

イラストレーション／硝音《しょうおと》あや

千年王国の盗賊王子

聖櫃の守護者

プロローグ

モルガナ＝ヴェールという女性には、遠い昔に約束を交わした男《ひと》がいる。

——いつか目覚める日が来るから、そのときはよろしくな——と。

けれど、こうも言われた。

——その日は永遠に来ないかもしれない。

確かに、そういうこともあるだろう。

彼の人が目覚める可能性は限りなく低い。どれほどの歳月を過ごしても、約束した目覚めの時は来ないかもしれない。

けれど、約束を交わした相手はモルガナが認めた男だ。

信じた英雄である。

その男が『いつか目覚める日が来る』と可能性を口にしたのなら、それはモルガナにとって信じるに値する言葉だった。疑う余地などどこにもない。

だから彼女は待ち続けた。

幾日も幾日も、何年も何年も。

ただひたすらに、疑うことも迷うことも、諦《あきら》めることさえせず、ただただ目覚めの時を待っていた。

近しい者たちからは呆《あき》れられたり窘《たしな》められたりもしたが、しかしモルガナにとって信じた相手を疑うことは、決してあってはならないことだった。彼女が疑いを抱くのは、ある種、彼女自身の存在理由を否定することにも繋《つな》がる。

モルガナ＝ヴェールは疑わない。

一度信じたことならば、信じた相手のことならば、たとえ何があろうとも疑わない。仮に裏切られ、喉元《のどもと》に刃を突きつけられ、命を奪われることになろうとも信じ抜く。

その信心は、信仰とさえ呼べるものだ。

理由も理屈も抜きにして、証拠や確信もなく、決して揺らぐことも迷うこともなくただただ一心に信じ抜く。

それが、モルガナ＝ヴェールという女性の核を成すものだ。

だから彼女は待ち続ける。

いつまでも、いつまでも待ち続ける——が、しかし。

「うーん、どうしたものかしら……」

決してその場を動かず、永劫《えいごう》の時とも言える時間を過ごしてきたモルガナの下へ、知己の相手から連絡が届いた。

曰《いわ》く。

『我らが主がご帰還されたので顔を出しなさい』

そんな内容だった。

これはかなり困る内容だった。

モルガナは託された場所から離れられないし、離れるつもりもない。

かといって、届いた連絡が、よりにもよって〝主の帰還〟である。

それが事実なら、無視するわけにもいかない。一度会って、その資質を見極める必要があるだろう。

動くつもりはない。けれど動かなければならない。

「こういうのを二律背反と言うんでしょうねぇ……え？」

どうしたものかと答えの出ない悩みにモルガナが懊悩《おうのう》していた、そのとき。

「まさか……！」

モルガナは顔色を変えた。

長い間に亘《わた》って静寂を保っていたこの場所に、変化が起きた。

目に見える変化ではない。けれど、しっかりと感じ取ることのできる変化だ。

急いで目的の場所へ移動すれば、やはり――そうだった。

「本当に……お目覚めに……」

「うん？」

その男の姿を目に、モルガナが感慨深く呟《つぶや》けば、彼の方もまたモルガナの存在に気づいたようだ。

「あれ？　なんでいるの？」

「…………」

ここにモルガナがいるのがさも意外、とばかりに男がきょとんとした表情を見せた。

ひどく傷ついた。

「いつか目覚める日が来るからと……そのときはよろしくと、そうおっしゃっていたではないですか」

「いや、覚えてるけど。記憶は続いてるし。けど……あれ？　じゃあ何？　もしかして割とすぐ目覚めた？」

「今は王国歴一〇七二年の五月ですよ」

「せん……？　あー、やっぱりそのくらいか」

「予想されていたので？」

「おおよそね。ピンポイントに具体的な日時までは把握してないよ……ん？　それじゃなんだ？　それでもおまえがここにいるってことは、もしかして俺が目覚めるまでずっと待ってた？」

「目覚めるとおっしゃってましたので。そのときは頼むとも。ですから信じて待ち続けておりました」

事もなく告げるモルガナだが、男は奇っ怪なものを見るような視線を向けてきた。

「……相変わらず融通が利かない奴《やつ》だなぁ。でもまぁ、ありがと」

「どういたしまして」

男の労《ねぎら》いを、モルガナは柔らかく微笑《ほほえ》みながら受け入れた。

「それで？」

「はい？」

「いや、ほら、俺が目覚めたってことは、世間がそれなりに騒がしくなってるってことだよな？」

「今のところ、特には」

「……あれぇ？」

男は首をかしげるが、それはモルガナも同じ気持ちである。

なんでこの時期《タイミング》で目覚めたのか、さっぱりわからない――いや、そういうことでもないのだろうか。

「もしかして、主が帰還されたらしいから……で、ございましょうか？」

モルガナが思い当たった理由を挙げてみたが、男は一瞬、考え込むように首をかしげた。

「主？　主って……あっ、あー、そういう……いや、それは関係ない」

すぐにモルガナが言わんとしていることに気づいたらしい男は、その考えを否定した。

自分が目覚めたのは、そういうことではないと明言する。

ただ、主が帰還した『らしい』という言い方が気になった。

「てか、それってどういうこと？」

「連絡があったんです。主が帰還したから一度顔を出せ——と」

「ふーん。つか、向こうがこっちに来ればいいんじゃない？　むしろ、ここに来る必要もあるだろ」

「まぁ……確かに」

モルガナがこの場で男の目覚めを待っていたのは事実だが、実はそれ以外にもこの場所は誰かが見守り続けなければならない、ある種の〝聖域〟でもあった。

そしてその聖域は、〝主〟であるならばこそ、訪れてもらわなければならない場所でもある。

「だからほら、呼びつけちゃえよ」

「しかし、ですね……相手はいちおう、主らしいですし？　あなたはもう違いますし。こちらから出向き、お招きするのが礼儀と言いますか……」

「いいからいいから、呼びつけちゃえって。この俺自ら、今の主様とやらの実力も試してみたいしね」

「はぁ、そうですか？　それなら、そのように手配しておきます」

「あ、俺のことはヒミツでよろしく」

気楽な態度でそう言い足して、にこやかな笑顔でお願いされた。

どうやら、ただジッと待ち続ける時間は終わりを迎えたようだ。これからは、以前のような騒がしい日々が始まるらしい。

そんな予感を覚えて、モルガナはそっとため息を吐いた。

第一話　盗賊王子あらため借金王子

1

　ディアモント王国の第一王子にして、今では城下町にある老舗《しにせ》食堂、麗《うら》らかな春の日差し亭を経営するマルス＝ディアモントは、なんだか嫌な予感を覚えて胃の辺りを押さえていた。

　急な話だったのだ。どこにもそれらしい前兆なんてなかった。

　なのに、いったいどういう風の吹き回しなのか、ことさら珍しいことに父親直々に呼び出されてしまったのである。それも、厳命に近い呼び出しだ。

　マルスの父親ともなれば、それはつまり、ディアモント王国の現国王、ジィール＝アカツキ＝ディアモントをおいて他《ほか》ならない。

　言い換えれば、国王直々のお呼び出しだった。

これは果たして、どちらの立場としての呼び出しだろうか。

父親としての呼び出しなら、まぁ、そんなヒドイ話にはならないはずだ。世間的な立場はどうあれ、父と子の会話で終始するだろう。

しかし、国王としての呼び出しだったなら？

嫌な予感がする。

どんなときでもついて回る近衛《このえ》侍女のクリスでさえ、席を外すように言い渡されていることから、嫌な予感も割増しだ。加速度的に増していく。

「はぁ～……」

場所は国王の執務室前。扉の両脇《りょうわき》には衛兵が見張りとして立っており、マルスのことも当然知っているが、盛大なため息を吐いてもまるで人形のように微動だにしない。

有事の際まで壁に徹する姿勢は衛兵の鑑《かがみ》と言えなくもないが、少しは場の空気を読んで小洒落《こじゃれ》た話でもしてもらいたいところだ。

これがクリスだったら「殿下、謝るときは五体投地で地面を舐《な》めるようにするとよろしいですよ」と助言してくれるだろう。

そしてもし、本当にそんな助言をしてきたら、主従関係について話し合いの席を設けようと思う。少しは主を敬ってもらいたい。

「無理か……無理だな、クリスだし……」

はぁ～っと、ため息をまた一つ。

現実逃避が過ぎてしまった。

マルスは姿勢を正し、気を取り直してドアをノックした。

「入れ」

すぐに中から声がかかり、マルスは衛兵が開けた扉をくぐって執務室に足を踏み入れた。

中にいたのは、豪奢《ごうしゃ》な衣装に身を包む壮年の男。机に向き合ってペンを走らせている彼こそが、マルスの父親にしてディアモント王国の現国王、ジィールだった。

「マルス＝ディアモント、召集の命を受け、馳《は》せ参《さん》じました」

「そう固くなるな。少し、おまえの今後について話をしたいと思ってな」

ジィールはペンを置き、ソファを指さしてマルスに座るよう促した。

指し示されるままソファに座ると、ジィールはグラスを二個に葡萄酒《ぶどうしゅ》を移したデキャンタを持ってマルスの正面に腰を下ろした。『飲め』ということらしい。

マルスも酒に弱いわけでもなく、飲めないこともないが、父の方はまだ公務中なのではないだろうか。まぁ、葡萄酒なんて酒精《アルコール》の濃度も低く、水代わりみたいなものなので問題ないのかもしれないけれど。

ただ、酒を出してきたということは、そこまでかしこまった話でもないと思われる。真《ま》面目《じめ》な話を、酒精を胃に入れて語るとも思えない。

「さて……マルスよ。次の春が来る頃には、サンドラが新たな王となることを、おまえも承知しているな?」

「それは、もちろん」

マルスはディアモント王国の第一王子ではあるが、この国は男女の別にかかわらず、現国王の第一子から一位、二位と継承権の序列が決まる。マルスの上には姉のサンドラ王女がいて、彼女が王位継承権第一位、マルスは第二位となっていた。

そしてサンドラはまもなく成人を迎え、結婚も控えている。それに合わせてジィールから王位が譲位されるのだ。

そのことについて、マルスは何も気にしていない。ディアモント王国としてはそれが慣例になっており、今さら異を唱えるつもりもない。

「であれば、クリスのことなのだがな」

「クリス?」

何故《なぜ》サンドラの即位の話から、自分の侍女の話になるんだ——と思ったが、クリスの正体のことを考えれば、確かに無視できない話だとも思った。

クリス゠ベルーラ。

彼女はマルスに物心がつく前から身の回りの世話をし、作法や文武などの指導も行っていた教育係も兼ねた専属侍女なのだが、その正体はディアモント王国の建国神話に登場する七体の御使い〝ヴァーチェ〟の一柱で、フォーティテュードの名を持つ者だ。

本人の弁によれば、初代国王アカツキの子の世話をしたことで、千年前から今に至るまで王宮内にとどまり、ディアモント家に仕えてきたらしい。

そして、その事実は歴代の国王に口伝で受け継がれており、おそらくジィールも把握しているのだろう。

「ヴァーチェのことですか？」

「っ！　やはり知っていたか……」

さすがに実父と腹の探り合いをするつもりもない。マルスから切り出せば、ジィールは一瞬驚きの表情を見せたが、すぐに悩ましく眉《まゆ》を寄せて唸《うな》った。

「本来であれば王位を継ぐ者にのみ伝える秘伝ではあるが……おまえ、その話を彼のお方から直接聞いたのか？」

彼のお方――ときた。

ディアモント王家は、権力的な意味においてならそれほど強くない。ほぼ皆無と言ってもいいだろう。

それでも、国家の象徴としての地位がある。

その地位のおかげで王家の発言は軽んじられることもなく、国民から敬愛の情も捧《ささ》げてもらえている。さらに言えば、王家に対する不敬は、法的な罰則こそないものの決して許されないものとされているのだ。

そんな王家の長たる国王ジィールでさえも、クリスのことは〝彼のお方〟と呼ぶものらしい。

「ええ、まぁ……本人の口から、直接」

「……そうか」

マルスが頷《うなず》けば、ジィールは手酌で注いだ葡萄酒のグラスを一口で飲み干した。飲まなきゃやってられない、とでも言うように。

「であれば、彼のお方が王家内においてどのようなお立場なのかも理解しているだろう。本来であれば、王位に就く直系の子の世話をお任せするのだ」

「……それはつまり……姉上の側仕《そばづか》えをしてもらうはずだった――と？」

「それもある。だが、彼のお方は最初からおまえに目をつけていてな。今日《こんにち》までおまえの側《そば》を離れなかった。それでも、まもなくサンドラが王位を継ぐのだから、そのときになったらサンドラの――そうでなくともサンドラに子が誕生すればその子に仕えていただきたく思っていた……の、だが……」

ジィールはそこで話を区切り、深々とため息を吐いた。

「拒否された」

「拒否？」

「おまえの側を離れん、ということらしい」

「あー……」

そういうことね――と、マルスも父が言わんとしていることを理解した。

これまでの慣例どおりなら、クリスはマルスの侍女からサンドラ、あるいはサンドラの子の世話係に、役目を移すことになるのだろう。

しかしクリスは、サンドラよりも、あるいはいずれ生まれるであろうサンドラの子供よりも、マルスの方に初代国王であるアカツキの姿を重ね見たらしい。クリスが自身の正体を明かす際に、それらしいことを直接言われている。

しかしそんなクリスの態度は、王家の立場からすれば悩みの種だった。

初代国王の代から王位継承者の世話をしてきた英雄王の御使いが、継承権の二番手に入れ込んでいるのだから。

「……もしや父上、王位を姉上ではなく自分に譲る――などと申しませんよね？」

一抹の不安を覚えて、マルスはジィールに聞いてみた。今さら「王になれ」と言われても、そんな道はマルスの人生設計に組み込まれていない。

「安心しろ。それはない」

断言する父の言葉に、マルスはホッと胸をなで下ろした。

「というか、それはやめろと彼のお方からも言い含められておる」

「……左様ですか」

国家の象徴たる王家の長に命令みたいな真似《まね》ができるクリスは、もしかするとこの国で誰よりも偉いのかもしれない。

「そもそも、彼のお方の為《な》さることに意見するなど、儂《わし》にもできん」

「…………」

予想以上に、クリスの発言は強いものらしい。

今後、クリスに無理難題をふっかけて酷使するのはやめておこうと、マルスは心に決めたのだった。

「そこでマルスよ。そうなると、おまえの今後の身の振り方が重要になってくるのだ」

「身の振り方……ですか」

「それはそうだろう。サンドラが王位を継ぐ以上、おまえは成人した後、野に下ることになるのだから」

「そうですね」

ディアモント王家では男女にかかわらず第一子が王位を継ぐ。その後に生まれた子は、成人した後、王家から除籍になって外に出ることになる。

それはマルスとて例外ではなく、いずれディアモントの姓を捨て、別の姓を名乗ることになるだろう。

「しかし、おまえについていくとおっしゃる彼のお方は、これまで王位継承権を持つ者の世話をしてくださっていたのだ。それが、後の世にどれほどの禍根を遺《のこ》すかわかるか？」

言われてみれば、確かにそうかもしれないとマルスも理解した。

クリスは、ディアモント王国が誇る千年の歴史をずっと間近で見てきた者だ。その存在はまさに超常のものであり、ある種、存在そのものが王家の象徴《レガリア》ともいえる。

早い話、クリスが仕えている者こそディアモント王家の〝正統〟と見做《みな》されるのだ。

それがマルスの代のみであれば、まだいいだろう。

しかしマルスの子、あるいは孫、もっと未来の子孫の代にまでクリスが従事《ヴァーチェ》するとしたら、どうなるだろうか。

我こそはディアモント王国の正統後継者である――などと言い出すかもしれない。

王家はディアモント王国の象徴だ。マルスの子孫とサンドラの子孫が争い合うことになれば、国民も後に続く。

そして、どちらかの立場に立つのは必至である。

世にも醜い王位の正統性を巡る骨肉の争いは、国を二分する大惨事に発展するだろう。

それだけは避けねばならない――ジィールがそう考えるのも当然のことだった。

「故に、おまえには相応の地位に就いてもらわねばならん」

「相応の地位、ですか？　箸《はし》にも棒にもかからない一般市民ではなく？」

　将来に禍根を遺さないためにも、地位も名誉もなく権力にも縁遠い者に——とでも言われるとばかり思っていただけに、少しアテが外れた。

「それはそうだろう。おまえの子はサンドラの子と結ばせる」

「ごふっ」

　予想もしていなかった父の一言に、マルスはむせた。

　とんでもないことを、天気の話をするみたいにさらりと言うものだ。葡萄酒を口に含んでいたら、父の顔面へ盛大に吹きかけていたかもしれない。

「サンドラの子は次代の国王となるのだ。その伴侶《はんりょ》となるのであれば、相応の地位の者でなければ国民も納得せん」

「いやあの……ちょっと待っ——」

「幸い、我が王家とも懇意にしているカーバンクル王家の王女が、おまえと歳《とし》も近い。話はすでに通しているので、おまえはそこへ婿入りし——」

「いやだから、ちょっと待ってください父上！」

　黙っていれば勝手にどんどん話が進んでいきそうで、マルスは声を荒らげて割り込んだ。

「何をおっしゃっているんですか⁉　王家から除籍になる者の身の振り方は、本人の裁量に委《ゆだ》ねるのが慣例でしょう！」

「そういう話ができる状況はとうに過ぎているのだ、馬鹿者《ばか》！」

真っ当な反論をしたら逆に叱《しか》りつけられてしまった。クリスがマルスについていくことは、ジィールにとって割と本気で頭の痛い話らしい。

しかし、だからといって「はい、わかりました」と頷くわけにもいかない理由が、マルスにもある。

「あのですね……すでに私は、野に下るための準備を進めております。姉上からお聞きしているかもしれませんが、城下町にある老舗の飲食店で支配人《オーナー》という役職にも就いておりまして……」

こうなったら隠していても仕方がないと、マルスは麗かな春の日差し亭を買収した経緯を説明した。

だが、それが逆にマズかった。

「当然、そのことは把握しておる——が、マルスよ。その店を買収するにあたり、資金はどうした？」

「……おう……」

痛いところを突かれてしまった。

マルスが麗かな春の日差し亭を買収する際に用意した金額は、五千万エン。決して少なくはないその金は、マルスが王家を除籍になる際の支度金を不正利用したものだった。

当然のことながら、そんな真似はたとえ王子であろうと許されることではない。

「すでに調べはついているぞ。おまえのしたことは立派な犯罪だ。王子であろうと許されるものではない――が、カーバンクル王家へ婿入りするのであれば不問としよう」

「汚《きた》ねぇ……！」

「何を抜かすか、馬鹿者め！　本来であれば国民からの血税を不正に流用した貴様を、厳罰に処すところだ！　だが、他国の王家に婿入りする者を罰するわけにもいかん。それ故の処置だ。最大限の恩赦と思え」

「恩赦て……」

体のいい脅迫じゃないか――と言いたかったが、さすがにその言葉は呑《の》み込《こ》んだ。火に油を注ぐことになりかねない。

「城下町の飲食店の支配人を続けたいのなら続けてもかまわん。だが、カーバンクル王国へ婿入りすることも絶対だ。国民の血税を不正利用した罰だと思え」

ジィールのいつになく強い口調にマルスは一瞬、口ごもる。

だが、彼とていまだ成人ではないにしても親の言いつけに従順な子供でもない。

「――それでしたら、父上……」

せめてもの反論を試みた。

2

「で、五千万返すから許してくださいーーって？」

　麗かな春の日差し亭の店長であるアダム＝ダイアンは、王宮から戻ってきた支配人《マルス》の話に、可哀想《かわいそう》な生き物を見るような生暖かい眼差《まなざ》しを向けていた。

　話を聞くところ、どうやらマルスがジィールに願い出たのは、黙って持ち出した五千万はきっちり返すので、他国に婿入りさせるのは許してくださいーーということだったらしい。

　マルスの認識では、勝手に金を持ち出したことがすべての元凶だと思ったらしく、それさえなくなれば父からの無理難題も突っぱねられると判断したようだ。

　話を聞いたアダムは、事はそんな簡単な話ではないし、何より他国との外交やら国内政治のあれこれで交渉する国王が、そんな簡単に折れるわけがないと思っている。

　それでも、自分の家とも言える麗かな春の日差し亭が、王家の妙ないざこざのダシにされるのも勘弁してほしい。

　金を返すことでマルスと国王の交渉カードから店が除外されるなら、余計なことは言わずにマルスの好きにさせようと思う。

「あらかじめ言っておくが、店の金を持ち出そうとするなよ？」

「店の金を持ち出そうにも、そもそも、そこまでの金が店にあるわけないだろう。従業員の給料や仕入れの金までかき集めても、微妙に足りないはずだ」

冷静に店の財務状況を把握している辺り、本心では金を持ち出すつもりだったんじゃないかとアダムは呆《あき》れた。

「盗《と》る気満々じゃないか……」

「だから盗らんと言ってるだろ！　身内にまで盗みを働いてどうする。盗るなら外道のところからだ」

盗るだの盗らないだのと、一国の王子としても老舗食堂の支配人としても不穏この上ないことを口走るマルスだが、それこそがマルスやアダム、いや、麗かな春の日差し亭で働く従業員たちの〝本業〟なのだから仕方がない。

およそ百年の歴史を誇る老舗食堂、麗かな春の日差し亭。

しかしその実体は、ディアモント王国の長い歴史の中で一番最近――といっても百年ほど昔――に起きた、隣国のクウォール公国との戦争時に自発的に誕生した自警団を祖とする盗賊団〝闇の疾風《ブラック・ウィンド》〟がその正体である。

盗賊団と言っても、誰彼構わず襲う外道集団とも少し違う。誕生した経緯が〝他国の侵略者たちから町を守るため〟であり、現在の闇の疾風も町を――国民の生活を守ることを前提としているため、標的になるのはあくまでも善良な市民から不当に利益を搾取する貴族や商人となっている。

言うなれば義賊ということになるだろうか。

それでも、闇の疾風を法と照らし合わせれば立派な犯罪者集団なので、表立って正体を明かすことはできないし、自慢できるものでもない。特にディアモント王国の第一王子であるマルスの裏の顔が表沙汰《おもてざた》になれば、王家の威信を失墜させる特大の醜聞になりかねないのだった。

「そういうわけで、仕事をしよう」

なんだか目の色を変えて標的を探そうとしているマルスをアダムが窘《たしな》めた。

「落ち着け」

これはこれで、珍しい状況とも言える。

闇の疾風の仕事は、誰彼構わず手当たり次第――というわけではない。特にマルスが加入してから、標的選びがより厳格化され、マルス加入前よりも盗賊仕事の数は減っている。

もっとも、その分難易度も高く、実入りも大きなものになっていたりするのだが。

「ていうか、そんなに嫌なのか？　結婚。カーバンクル王国だっけ？　海洋国家ってくらいしか記憶してないけれども」

アダムは曖昧《あいまい》ながらも、マルスの婿入り先になるかもしれないカーバンクル王国の情報を、記憶の中からほじくりかえしてみた。

自分の記憶が確かならば、カーバンクル王国はディアモント王国の同盟国で、海洋国家でもある。魚介類の輸入先で、造船技術も盛んだったはずだ。ディアモント王国でも、河川で使われる船の一部はカーバンクル王国に頼っていたはずである。

「カーバンクル王国はうちの国との付き合いは古いとこだ。そこの王家ともな。僕もそこまで詳しくないが、うちとは千年前の盟約があるらしい」

「盟約？」

「内容まではわからん。僕だけが知らないわけじゃないぞ？　とにかく〝盟約〟という言葉だけが先にあって、詳しい内容が残っていないんだ。今じゃ盟約《それ》の内容を『仲良くしましょう』という意味に解釈して付き合ってるけどな」

「だから同盟国で、王族同士も仲がいいってことか」

千年も歴史があると、諸外国ともいろいろあるんだなぁ——などと、一人勝手に納得するアダムであった。

「じゃあ、結婚するのも悪くないだろ？」

「冗談じゃない！」

さらっと口にしたアダムに、予想もしていなかった強い口調でマルスが反論してきた。

「なんだ？　相手がそんなに気に入らないのか？」

「いや、会ったことも……あー……たぶん、会ったことはないはずだ」

「曖昧だな？」

「もしかすると、物心がつくかつかないかって頃に会ったことはあるかもしれない。けど今現在、記憶にないんだよ。だから別に、気に入るとか気に入らないとかはないんだ」

「ふぅん？　それじゃ結婚は自由恋愛がいいとか？　王族の結婚なんて、いわゆる政治の話も絡むもんだろ？」

「おまえの思考は淡泊《ドライ》だな……。他所はどうか知らんが、うちはそうでもないぞ。姉上を見ればわかるだろう」

「ああ……そういえば」

マルスの姉であるサンドラには婚約者がいる。ディアモント王家の近衛騎士団の長を務めている美丈夫、セラフ＝クリノリアだ。

本来であれば主従の関係にある二人なのだが、サンドラが自分の意思でセラフを生涯の伴侶にすると決め、父母もそれを認めている。そこにあれこれ邪推する者は多々あれど、政治的な意図や思惑が介在する余地があるとは思えなかった。

「じゃあ、結局なんなんだ？　なんでそこまで結婚を嫌がってるんだよ」

「だっておまえ、婿入りだぞ!?　僕がカーバンクル王国に行くってことなんだ！　せっかく〝本業〟が楽しくなってきたのに、この国から離れてたまるか！」

「おぉう……」

なるほどね、とアダムもいちおう理解した。

早い話、マルスは仕事中毒《ワーカホリック》ということだ。結婚して家庭を持つよりも、今は仕事をしていたいということなのだろう。それも盗賊稼業を、だ。

物心が付いた頃どっぷりと裏稼業に身を浸しているアダムにしてみれば、なんとももったいない話だと思う。ディアモント王家を出た後も、別の国の王族に籍を置くのだ。それを捨てるというのだから大概である。

仕事での立場はマルスの方が上かもしれないが、年齢では人生の先輩なのだし、忠告の一つでもしておいた方がいいのかもしれない。

「仕事を人生の潤いにしようとするのは、あまりお勧めしないぞ？」

「やかましい」

せっかくの助言を、間髪いれずに一刀両断された。解《げ》せない。

「とにもかくにも、金が必要なんだ！　五千万だぞ？　店の売り上げでどうにかできる金額じゃないんだ！」

「店の売り上げでどうこうしようとするな……という常識はさておき。で？　どうするつもりなんだ」

「だから……んー……どうしよう」

これまた珍しいことに、マルスは眉を八の字に下げて本気で悩んでいた。

いつもは即断即決で行動を起こすのに、そんなマルスをここまで悩ませるとは、さすが国王である。

「考えるのはそっちの役目だろ？　方針が決まれば手くらい貸してやるけどさ」

「薄情者め！」

恨みがましく嚙《か》みつくマルスに、アダムは肩をすくめて答えた。

「こういうとき、俺よりも頼れる相談役がいるだろ？」

「えっ？」

「……おまえ、そんなに驚愕《きょうがく》するなよ。クリスが怒るぞ」

「あいつが問題の根本でもあるんだが……」

「だったらなおさらだ。『おまえのせいなんだからなんとかしてくれ』とでも言えば、知恵を貸してくれるんじゃないか？」

「冷めた目で唾《つば》を吐かれそうなんだが……」

「主に対して、どんな侍女だよ……。そういや今日は見てないな？　どこ行ってんだ？」

「あいつだったら今日は、アズィーに付き合ってる」

「アズィーに？」

「アズィーが王家所蔵の書物を読みたいと言うから、クリスに案内させているんだ」

なんだか珍しい組み合わせだとアダムは思ったが、詳しく話を聞くと「なるほど」と納得できることだった。

「またケンカしてなきゃいいけどな」

「大丈夫だろ？」

だといいな――と、アダムは口にこそ出さなかったが、そう思った。

3

「だぁ～からぁっ！　五百年前の王様が夕食に何を食べたか～……なんて、どうだっていいのよ！」

「王家の個人情報ですよ？　あなたのご希望どおり、貴重なものじゃないですか」

声を荒らげるアズライに、返すクリスの言葉は平坦《へいたん》そのものだった。

「それに、図書館ではお静かに願います」

「静かに……って、あたしたちしかいないじゃない。それにここ、書庫でしょ？」

「似たようなものです」

クリスは惚《とぼ》けるが、その場所の名称を正確に表すならば王家専用の書庫となる。

ただ、広さはちょっとしたダンスホールくらいあって二階建て。収集されている書物は最新のものから千年前の建国当時に書かれたものまで、歴代の王族が興味を持ったものや王宮勤めの者が書き残した日記的なものなど、多種多彩な部類《ジャンル》が集まっていた。

特に古い書物ともなれば、どうでもいい内容など一つもない。アズライがぞんざいに扱っている五百年前の王様が食べた夕食の献立表とて、料理研究家にとっては貴重な一冊になるだろう。

ただ、アズライは料理研究家ではない。『コレジャナイ』と言いたいのだ。

「何度も言うけど、あたしはヴァーチェのことを調べたいの！」

「研究者と言いますけれど、あなた、給仕《ウェイトレス》じゃありませんか」

「それは副業よ」

「……よくもまぁ、胸を張って堂々と言えますね」

正直なところ、二人の言い分はどちらもそんなに間違っていなかった。

アズライは自身でそう言うように、ヴァーチェという存在について調べる研究者だ。

ただ、ヴァーチェの世間一般的な認識としては『ディアモント王国の建国神話で名称しか残っていないもの』とされている。それどころか、『初代国王の神聖性を高めるための創作』というのが常識だ。

何しろ、どこで何をどう調べても、ヴァーチェという存在については痕跡《こんせき》すら発見されていない。

それもそのはずで、アズライの目の前にいるクリス《ヴァーチェ》が徹底的に情報を管理、隠蔽《いんぺい》、抹消しているからである。

そんなものを研究対象として調査する――となると、それはもはや研究者とは呼べない。夢見がちな夢想家、あるいは伊達《だて》や酔狂を好む暇人になってしまうのだ。少なくとも、真面目に歴史の研究をしている者たちからは眉を顰《ひそ》められるだろう。

なので、アズライには研究者としての地位は無に等しい。

あくまでも〝自称〟研究者であり、麗かな春の日差し亭で働いて生活費を稼いでいる以上、経歴で職業欄に書くべき業種は〝給仕〟になってしまうのだった。

「それでも研究者を名乗りたいのなら、ヴァーチェなんてつまらないものではなくて、古代魔法についての論文でも発表されれば如何《いかが》です？」

ヴァーチェから視線を逸《そ》らすためではあるのだが、そういう個人的な事情を抜きにしても、そうすることがアズライのためになるとクリスは思っている。

ディアモント王国のみならず、世界各国で文明を支えているのは、適性がなくとも魔法が使える魔導具の存在が大きい。そして今の世で〝魔法使い〟と言えば、魔導地脈《マナ＝ライン》と呼ばれる魔法の源に干渉できて、その魔導地脈と魔導石を繋《つな》いで魔導具を作り出せる技能者のことを指している。

アズライもそういう魔法使いではあるのだが、それとは別に、彼女は今では失われてしまった古代魔法を使いこなす魔女でもあった。

その威力は、現代の魔導具を使った魔法とは規模も比べものにならないほど強力で強大だ。論文にまとめて使い方の一つでも発表すれば、研究者としての地位はもちろん、後世に名を残せる偉人にだってなれるだろう。

「でもそれ、あたしは使えるだけで方法を教えてくれたのはあなたでしょう。他人の功績で名声を得てもね。発表するならあなたがしなさいよ」

「…………」

素直な心情を吐露したアズライだったが、そんな言葉を受けたクリスは眉間《みけん》に皺《しわ》を寄せて難しい表情を浮かべていた。

「……何？　あたし、変なこと言った？」

「いえ……失礼。その……急用……そう、急用を思い出しまして。少し席を外します。適当に本でも読んで、待っていてください」

「えっ？　ちょっ、ちょっと！」

クリスは有無を言わさぬ勢いで立ち上がると、呼び止めるアズライの言葉を無視して書庫から足早に出て行ってしまった。

「なんなの……？」

出て行ったクリスを呆然《ぼうぜん》と見送ったアズライだったが、少なくとも『急用を思い出した』というような顔つきではなかったように思う。どちらかと言うと、何か気に障るようなことを見た、あるいは聞いたときみたいな、不機嫌さを隠そうともしない怒り顔だった。

アズライにしてみれば、クリスを怒らせるようなことを口走った覚えはない。だとすれば、何かを見たのだろうか。それとも本当に急用を思い出したのか……クリスが部屋を出て行く前に目を向けていた方向を見ても、結局、あるのは埃《ほこり》をかぶった本棚だけだった。

「本当にいろいろと謎《なぞ》な人よね……」

自分で使えないくせに古代魔法の発動方法を知っていたり、決して表には出てくることもない裏世界の極秘情報に精通していたり、マルスの侍女でありながら麗かな春の日差し亭では給仕の作法を教育していたり……おそらく、見えないところでもいろいろと暗躍しているのだろう。

常人離れした八面六臂《はちめんろっぴ》の仕事ぶりは、古代魔法を使えるアズライをもってしても、ただただ驚異的としか言い表せられなかった。

「ていうか、あの人がいなくなっちゃったら、どこになんの本があるのかわからないじゃないのよ……」

アズライは、せっかくできた〝マルス〟というディアモント王家の第一王子のコネを使って、王家の書庫にヴァーチェのことを記した書物が残ってないかを調べに来たのだ。

少なくとも、五百年前の王様の献立表なんかに興味はない。

仕方なく、アズライは献立表を本棚に返すと、適当に一冊手に取って席に戻った。

いくらなんでも、適当に選んだ一冊にヴァーチェのことが書かれてあるわけがない。王家の人間でさえ『世間で知られていること以上のことは知らない』とマルスは言っていたので、そもそも書物に情報として残っているのかさえ疑わしい。

当然、アズライが選んだ一冊にも、ヴァーチェのことは何一つ書かれていなかった。

だが、最初は流し読みしていたアズライの目つきが、徐々に真剣味を帯びてくる。

「これって……！」

もしかすると、とんでもない発見をしてしまったかもしれない。

「ちょっと、クリス？　クリス、どこに行ったの⁉」

アズライは偶然手にした本を決して手放すまいと胸に抱え込み、クリスを探しに書庫を飛び出した。

自分一人で抱えるには、かなり重大かつ貴重な情報を伝えるために。

4

「魔導戦艦ユグドラシルの所在を特定した？」

麗かな春の日差し亭の備蓄倉庫三階にある事務室に、鼻息を荒くして飛び込んできたアズライが興奮混じりに口にしたセリフを、マルスはそっくりそのまま繰り返した。

「そうなんですよ、支配人《オーナー》！」

アズライの興奮は収まるところを知らず、ますますマルスに詰め寄った。

「支配人のご厚意で閲覧させていただいた王家の書庫で見つけた書物に、魔導戦艦ユグドラシルと思しき記述と保管場所が書かれてあったんです！」

頭突きでもされるかもと思える迫り具合に仰《の》け反《ぞ》るマルスは、アズライから目を逸らしてその背後、斜め後ろの扉付近で遠い目をしているクリスをチラ見した。

——いったい何があった。

マルスの視線は、純粋な疑問をクリスに投げかけている。

それに対してクリスは、そっと目を逸らした。

それでマルスはいろいろ納得した。珍しいことに、どうやらクリスが何かしらのミスを犯したらしい。

そういうことなら、フォローするのも主の役目とマルスは嘆息する。

「まぁまぁ、落ち着け落ち着け。魔導戦艦ユグドラシルというのはあれだろう？　建国神話において、アカツキが世界を救う際に拠点としていた空に浮かぶ要塞《ようさい》のことだな？」

「それですよ！　そうなんですってば！」

マルスの確認を、アズライは〝自分の発言を疑っている〟と受け取ったようだ。これが証拠とばかりに、ずいぶんと古めかしい本を突きつけてきた。

「王家の書庫で見つけたんですけど、これ、手記だったんです。それが誰だったと思います？　フィアー王妃のものだったんですよ！」

「フィアー王妃……っていうと――」

「支配人の遠い遠いご先祖様！　初代国王アカツキの奥さんじゃないですか！」

「知ってる知ってる。わかってるって」

いちいち迫ってくるなとばかりに、マルスはアズライを押し返した。

フィアー王妃といえば、アカツキの正妃として建国史に名を残す女王であり、アカツキが封じたという原罪《ペイン》との決戦時、先陣を切って戦った魔女――つまり現代のように魔導具を使わずとも、数多《あまた》の魔法を使いこなせた女傑だったと伝わっている。

「しかしな、その……手記？　それがフィアー王妃のものだとしたら、千年近く前のものだぞ？　それにしては保存状態が良すぎるように見えるんだが？」

アズライが持ち込んだ手記は、多少日に焼けて装丁もほころんでいるところはあるが、それでもせいぜい二十年か三十年くらいしか経《た》っていないように見える。

「そこはそれ、この手記がいわゆる魔導書ってヤツだからですよ」

「魔導書だと？」

「支配人もフィアー王妃が古の魔女の一人だったってお話はご存じでしょう？　そんな人が遺したものなんですから、普通の本じゃありませんて」

「…………」

そうなのか？　と言わんばかりにマルスは後方に控えているクリスをチラ見した。

小さく頷かれた。

どうやら本当にフィアー王妃が遺した魔導書らしい。

「えーと……じゃあ、なんだ？　その魔導書とやらに、魔導戦艦の保管場所が記されてある――と？」

「そうです、そうです。そのとおり。今とは文体の違う古代語で書かれてあるので、あたしも完璧《かんぺき》に解読できているわけではありませんけれど、最初の方に魔導戦艦を降ろした場所について書いてあるんです」

アズライはその該当頁《ページ》を開いてマルスの前に差し出すが、残念ながら古代語の知識など皆無なので読めなかった。

「……ちなみに、その場所というのは？」

「カルヴァリー湖――と、書いてありますね」

「どこだそれは？」

「前後の記述から察するに、王都から南東部にある巨大湖のことみたいですよ」

アズライの言葉に、マルスは軽く頰《ほお》を引きつらせた。

合ってる。

湖の名前は知らなかった――というよりも名前があったことも初耳――とはいえ、千年前の大戦時に使用された魔導戦艦ユグドラシルは、確かにそこに眠っている。

アズライが息せき切って報告してくるような大発見であることは間違いないが、しかしマルスはその情報をすでに把握していた。

何故マルスが歴史的な遺構の所在を把握しているのかというと、それはもちろん、隠した張本人の一人《クリス》から聞いたからである。

話を聞いた直後は「興味深い」と魔導戦艦の復活も考えたマルスだが、同じく情報を共有しているアダムからは「厄介ごとの種になりそう」と難色を示され、クリスからも「今の時代で復活させて何に使うんですか？」と遠回しにダメ出しをされて、結果、マルス自身も「それもそうか」と納得し、放置しておくことにしたのだ。

それがまさか、予想もしていなかった方向から所在を知られ、身内に突かれるとは夢にも思わなかった。

「んー……なんと言うか、だな。その手記の真偽はともかくとして、南東部にある巨大湖は数年前にも話題になったよな？　調査もされたはずだ。けれど、何も出てこなかったんじゃないのか？」

魔導戦艦ユグドラシルの名は、ヴァーチェほど歴史から秘匿されたものではない。建国神話にもたびたび名前が出ているし、世間での認知度も低くない。今ここでアズライが〝新発見〟とばかりに披露した、南東部の巨大湖に沈んでいるという話も割と有名で、発掘調査も行われている。

ただし、そのときは魔導戦艦の発見どころか痕跡すら見つかっていない。

しかしそれは、場所を間違えているというよりも、資格がない者――つまりヴァーチェに認められていない者が近づいても、発見できないようになっているからだ。

「えーっとですね、見つからないのは隠匿魔法で結界を張ってるから、らしいです。フィアー王妃の手記には、その魔法の仕組みと解除方法も――」

ぶほっ！　と、背後のクリスが盛大に吹いた。

「……どうしたの？」

普段のクリスらしからぬ慌てっぷりに、アズライが怪訝《けげん》そうな目を向ける。

「いえ……お気になさらず」

努めて冷静さを装い、素っ気なく返すクリス。だが、マルスの眼《め》には、かなり苛立《いらだ》っていて悪い顔つきになっているのがバレバレだった。

いつも澄まし顔で冷静なクリスに、こうも百面相をさせるとは……かつての王妃は伝説に違わぬ傑物だったようだ。

「とにかく支配人！　いえ、この場合は殿下！　殿下とお呼びします！　殿下、魔導戦艦ユグドラシルを発掘しましょう！　あたしたちならできる！」

「お、おう。そうだな。そうかもしれないな」

再び詰め寄ってくるアズライに、マルスはどうしたものかと思案する。

何故、こういうときに限ってアダムはいないのか。食堂の方で仕事をしているのだから仕方ないが、それでもこういうときにこそ、この場にいてほしかった。

「クリス、おまえはどう思う？」

ここまで沈黙を守り、百面相を繰り広げていたクリスにマルスは話を向けてみた。

「……お好きなように、としか」

「ふむ……？」

何やらクリスの態度が投げやりだ。以前に、魔導戦艦に対する自分の意見を述べているから後は好きにしろ——ということなのかもしれない。

こうなると、最終的な決断は自分がするしかないなとマルスは腹を括《くく》った。

「しかしアズィー、魔導戦艦を発掘するとしても……それでどうするんだ？　そもそもおまえ、ヴァーチェの方を研究してるんだろ？　専門外じゃないか」

「確かにあたし、魔導戦艦には興味ないですけれど」

あっさりと認めるアズライは、すぐに「でも」と自身の発言を覆した。

「魔導戦艦の心臓部に当たる聖域には、宝を守護する番人がいるらしいんです。これがもしかすると、ヴァーチェかもしれません！」

その情報をフィアーの手記という魔導書から得たのなら、確かに本物の手記なのかもしれない。魔導戦艦ユグドラシルには、クリスと同じヴァーチェの一柱が守護者として残っていると、クリスも語っていた。

名はフェイス——だったはずだ。

それならアズライが魔導戦艦に興味を持つのも納得である。発掘し、そこにフェイスがいるのなら願ってもないことだろう。

だが、マルスの興味は別の方に向いていた。

「……宝？　魔導戦艦には宝が眠ってるのか？」

「え？　ええ、そうらしいですよ」

これはイケる……！

マルスの脳内で、あらゆる行程をすっ飛ばして閃《ひらめ》くものがあった。

正直なところ、魔導戦艦ユグドラシルを発掘して再び使えるようにする――という考えは、今のところマルスにはない。そんな神話時代の古代兵器を現代に蘇《よみがえ》らせたところで、大きな混乱と国際的な軋轢《あつれき》を生むだけだ。

かといって盗賊団で使うにしても、空に浮かぶ空中要塞みたいなものなんて目立つことこの上ない。

だが、魔導戦艦内に眠る宝は利用価値がある。

主に、国庫から勝手に持ち出した五千万の返済には、宝とやらがどんなガラクタでも、歴史的価値から考えれば十分に補えるはずだ。

「よし、発掘しよう！」

「さすが殿下！」

我欲にまみれた二人の目的のため、神話時代の古代兵器発掘が今ここに決定した。

第二話　そこは異形がはびこる魔窟《まくつ》だった

1

空は青く晴れ渡り、そよぐ風が優しく頬《ほお》をなでていく。切り開かれた林道は整備され、進む幌《ほろ》馬車も揺れが少なく快適だった。

なのに、馭者《ぎょしゃ》席で馬車を操るアダムの表情は、なんだかとても浮かないものだった。

「なんでこうなった……？」

事ここに至り、アダムはどうして自分が王都から約一日進んだ林道で馬車を操っているのかを理解できずにいた。あれよあれよと言う間に駆り出され、今に至っている。

「だから言っただろう。魔導戦艦ユグドラシルを発掘しに行くぞ！」

アダムのぼやきが聞こえていたのか、座席をしつらえた客車と呼ぶのもはばかられる荷台から顔を出したマルスが、胸を張って答えた。

「…………」

　言いたいことはいろいろある。だが、この馬車にはアズライの姿も近くにあった。

　アダムはちょいちょいとマルスを手招きし、駁者席の隣に来るように促した。

「なんだ？」

「なんだ？　じゃないだろ！　なんだよ、魔導戦艦の発掘って？　放置するんじゃなかったのか⁉」

　マルスと同じように魔導戦艦ユグドラシルのあれこれについて承知しているアダムは、放置するとの話から急な方向転換に至った経緯を、王都から出発して一日経《た》った今の今まで、まったく説明されていない。ただ、「魔導戦艦の発掘に行くからついてこい」の一言で連行されてしまったのだ。

「おまけにアズィーまで一緒じゃないか。あいつが一緒だから今まで詳しく聞けなかったけど、本当にいったいどうなってんだ？」

　そのアズィーも、今は座席で横になっている。他《ほか》は、フィアーの手記を親の敵でも見るかのような目つきで読んでいるクリスのみ。

　マルスを問い詰めるにはちょうどいい状況だった。

「だからな？　魔導戦艦にはどうやらお宝が眠っているらしいんだよ。そして僕たちは盗賊団じゃないか。盗賊っていうのは、何も他人を襲って金品を強奪するだけじゃない。遺跡からの盗掘だって盗賊らしい仕事だろう？」

「この少人数でか？」

今回の盗掘では、闇の疾風《ブラック・ウィンド》の主力全員というわけではない。マルス、アダム、クリス、そしてアズライの四人だけだ。

言うなれば、闇の疾風の頭四人の少数精鋭部隊とも言える。

何故《なぜ》、こんな少数精鋭になっているのかというと、南東の巨大湖――フィアーの手記で言うところのカルヴァリー湖は、王都から馬車で片道三日ほどの行程になる。

往復だと六日だ。

魔導戦艦の発掘にどれだけの日数がかかるのか見当もつかないが、全員で出張ってしまうと、その間、店を閉めることになってしまう。

それはよろしくない――ということで、この面子《メンツ》になってしまったというわけだ。

「それに、場所が場所だろう？　内情を知ってる者だけでまとめた方が都合もいい」

「アズィーもか？」

「あいつが事の発端だからなぁ。連れていかないわけにもいくまい。置いていったら、後で何を言われるか……」

それは確かに同意するところだが、それでもやっぱり、アダムは微妙に納得できていなかった。

「なんとなくだが、宝があってアズィーが事の発端ってことで、いろいろ察しがついたわけだけど……」

マルスは国庫に戻す五千万の金集めに苦心していた。

アズライは、昔からヴァーチェの研究に腐心していた。

そして魔導戦艦ユグドラシルには宝が眠っており、前に聞いた話だと、そこにはヴァーチェの一柱、フェイスがいるらしい。

二人の思惑が一致し、その場のノリと勢いで今回の盗掘隊が結成されたのは想像に難くない。

事実、そのとおりだった。

「それで？　あんたはそれでいいのか？」

アダムが気になるのは、クリスが何も言わずに盗掘に同行していることだ。出発した手前、今さら発掘に反対するわけにもいかないのだろうけれど、事が動き出す前にどうして止めなかったのか疑問が残る。

普段だったら、直接的にしろ遠回しにしろ制止していたはずだ。

「良いも悪いも、お二人がそうするとおっしゃるのであれば、私が異議を挟むことはございません」

「……その割には、なんだか不機嫌そうに見えるが？」

「…………」

アダムの指摘に、クリスはそのとおりだと言わんばかりの不機嫌さで嘆息し、目を通していたフィアーの手記を座席に投げ捨てた。

「実は少々、気になることがございまして」

そう言って、クリスは馭者席にいるアダムとマルスの真後ろに移動してきた。

どうやらアズライには聞かれたくない話のようだ。寝ていることはわかっていても、念のためなのか、声を潜《ひそ》めた。

「魔導戦艦ユグドラシルが眠っている場所には、ヴァーチェの一柱がおります。私が唯一居場所を把握している相手なので、お二人に謁見するようにと連絡したのです。ですが、戻ってきた返事は『今は少し手が離せません。そちらから来てください』と、断られてしまったのです」

「ふむ？」

それは果たして、どういう反応をすればいいのだろう。アダムでなくとも悩むところだ。

長く連絡もなかった相手から『会わせたい人がいるから顔を出せ』と言われても、他に用事があれば断られても仕方がないように思う。

「……実感がないようですが」

アダムが、いやマルスもだが、二人揃《そろ》って『それの何が問題なんだ？』と言わんばかりの表情を浮かべていたからだろうか、クリスが半眼で睨《にら》んできた。

「私だけでなく、七元徳《ヴァーチエ＝セブン》にとってお二人の存在とは、何よりも優先してお支えすべき方なのです。そのことを肝に銘じてください。極端な話、この世界の生命すべてと天秤《てんびん》にかけても釣り合わないくらいです」

「おいおい……それはいくらなんでも」

「冗談ではないですからね？」

アダムが乾いた笑いで返そうとするが、クリスの面持ちは真剣そのものだった。

「もし近い将来に原罪《ペイン》が復活して、世界の七割くらいが再び破滅するようなことになっても、お二人が逃げることを選択するのなら全力で逃げ場を作ります」

「それなら……俺らが『原罪と戦う』って言ったら戦うのかよ」

「もちろんです。かつての英雄王アカツキは、そうして我らとともに世界を救ったのですから」

即答するクリスの態度には、悲壮な覚悟も諦観《ていかん》の念さえも感じられない。そうすることが当たり前だという、自然体の反応だった。

「ともかく」

クリスとアダムの発言にどれほどの本気度が含まれているのかを横に置いて、マルスが

口を開いた。

「僕たちは七元徳にとってそれほど重要な存在ってわけか」

クリスが言いたいことを理解したマルスは、「確かに気になるな」と頷《うなず》いた。

「原罪などという神話に出てくる怪物との戦闘も辞さない者が、主人となる人物と会うことを二の次にするのは妙だ。異常事態が起きてるのかな？」

「そうかもしれません。ああでも、一言付け加えますと、私はお二人を主と認めておりますが、その判断はヴァーチェそれぞれ個別に行います。私はフォーティテュードですから、何事にも、何者にも怯《ひる》まず立ち向かうお二人の不撓《ふとう》不屈の精神を重要視させていただきました。当然、フェイスはお二人の別の〝魂の輝き〟を見定めるでしょう」

「……つまり？」

「フェイスが重要視するのは信念や信頼などの信じる心、一言で言えば〝信仰心〟になるのでしょうか。迷わず悩まず疑いもせず、純粋に純然と信じ抜く強さが認められれば、彼女もお二人を主と認めるでしょう」

「ふむ」

フェイスに関する情報はなかなか興味深いが、しかしクリスの召集に応じない理由にはならない。仮にマルスもアダムもフェイスに主と認められない程度の男だとしても、まずは会ってみなければ判断などできるわけもないのだから。

「どちらにしろ、『来てください』と言うからには行けば会えそうだな」

「その分、何かしらの厄介事に巻き込まれそうだけどな」

マルスの結論に、アダムはため息交じりに付け加えた。

「あまり安全な盗掘作業とは言えなそうだ」

「おまえは常に危険を避けようとするなぁ」

アダムがぼやけば、マルスが呆《あき》れたように口をへの字に曲げた。

「そのくせ、追い詰められると無茶なことをするしな。王宮に単独で盗みに入ったりとか」

「その話はやめてくれ……」

一国の王子であるマルスが盗賊団に籍を置くきっかけになった出来事をたとえに出されて、アダムは思い出したくもないとばかりに顔をしかめた。

そのときだ。

「――ッ⁉」

それまで荷台の座席に座っていたクリスが、駁者席へ割り込むかのように身を乗り出してきた。

理由もなくそんな突飛な行動に出ることはないとわかっているマルスでも「何事だ⁉」と言わんばかりに目を丸くするが、その理由は直後に判明する。

馬車の上空で爆発が起きた。炎と煙をまき散らし、耳をつんざく轟音《ごうおん》を響かせ、周囲の木々を根こそぎ押し倒すほどの衝撃が猛威を振るった。

幸いなことに馬車の周囲だけは無事だ。

無論、運が良くて助かったわけではない。クリスが張り巡らせた不可視の盾が熱と衝撃を完全に遮断したからこその無傷だった。

「なっ、何事⁉」

轟音に、荷台の座席で眠っていたアズライもさすがに飛び起きて、馭者席に身を乗り出してきた。

「さっぱりわからん！　が、たぶん魔法による攻撃だ！」

マルスの憶測は、おそらく正しい。馬車の上空で爆発を引き起こせる現象など、魔法の効果以外には考えられない。

「うわっ⁉」

そして、攻撃こそ馬車に直撃しなかったが、大きな音はそれだけで馬を驚かせるには十分な効果があった。恐慌状態になった馬が手綱を引いても一向に落ち着かず、暴走を始めてしまったのだ。

「ああっ、もう！」

暴走する馬車が右へ左へと蛇行し、今にも横転しそうになったその直前に、激しい揺れがピタリと止まる。

「お、おお……なんだ？」

「ば……馬車ごと……ちょっと浮かせた……！」

答えたのはアズライだった。

杖《つえ》で空を飛ぶ要領で馬車をまるごと浮かせて暴走を止めたようだ。しかしそれは、飛ぶというよりも浮くといった感じに近い。おまけにアズライの顔も、踏ん張っているのか、真っ赤になっていた。

「お……もい……！」

杖に跨《また》がって自分一人、せいぜい追加でもう一人を乗せて飛ぶ分には、鳥のように素早く自由自在に飛べるアズライでも、馬車を、それも同乗者三人と馬二頭、さらに食料などの荷物も加わっては、浮かせることが精一杯のようだ。

「魔法で馬を寝かせなさい！　早く！」

「むっ、ぐぐ……っ！」

馬車を浮かせつつ馬を寝かせろ、などと無茶な要求をするクリス。

アズライの使う魔法は古代魔法だ。その発動方法は現代の魔導具を使う魔法とは異なり、その身一つで可能とするものである。呪文《じゅもん》も言葉ではなく、心で想像しながら体内を巡る魔力を放出するので、いくつでも効果の違う魔法を連続で使える。

ただしそれは、〝理屈の上では〟と前置きがつくのだが。

「また来るぞ！」

正面から迫り来るのは火球。それも一つではなく、三つ、四つ、もしかするとそれ以上の数が、立て続けに馬車へ目がけて迫る。

しかし、クリスの不可視の盾は健在だ。どれも当たる直前で弾《はじ》けて轟音を上げる。

「ええい、鬱陶《うっとう》しい！」

被害は出ないとは言っても、立て続けに叩《たた》き込《こ》まれる火球は煩わしいことこの上ない。

苛立《いらだ》ちに眦《まなじり》を吊《つ》り上《あ》げたマルスは、腰の鞘《ホルスター》から弩弓《どきゅう》を引き抜いた。

この弩弓、単に矢を飛ばすものではない。麗かな春の日差し亭の仕入れ責任者にして、闇の疾風の魔導具整備士でもあるエメラダ謹製の弩弓型魔導具だった。

持ち手の部分に埋め込まれた魔導回路《マナ＝サーキット》によって各種攻撃魔法を撃ち出せる他、普通の矢を撃つことも矢に魔法の効果を纏《まと》わせて放つこともできる。似たような武器は他にもあるが、この弩弓は雷、氷、水、火、風など、おおよそ考え得る攻撃特性の魔法を付与したり撃ち出したりすることができる。

以前、マルスが闇の疾風に加わって行った初仕事の際、後方から投擲《とうてき》用の槍《やり》を投げてアダムの支援をしたという話を聞いたエメラダが、「それなら最初から射撃用の武器を使えばいいじゃん」ということで開発した一品だった。

「いい加減にしろ！」

弩弓に矢を番《つが》え、雷の属性を纏わせて放つ。通常よりも倍以上の飛距離を飛ぶ矢は火球が飛んでくる前方に真《ま》っ直《す》ぐ進み、見えなくなった次の瞬間には天地を繋《つな》ぐような稲妻を走らせた。

「…………」

そして、火球が飛んでこなくなった。

その間に、アズライはなんとか睡眠の魔法を馬に施すことに成功する。大人しくさせてから馬車を地面に降ろした。

「……やったの？」

魔法的な意味での力仕事を終えたアズライが、静かになった状況にぽつりと呟《つぶや》く。

その直後。

馬車を取り囲むように、いくつもの魔法陣が現れた。

「――ッ⁉」

「な……っ！」

空中に描き出された魔法陣に、クリスは息を呑《の》み、アズライはあっけに取られた。

そして、その魔法陣からは攻撃性のある現象ではなく、禍々《まがまが》しい黒い毛に覆われた手の平が這《は》い出《で》てきた。

手の平だけではない。そこから腕、肘《ひじ》、肩、片手から両腕に、そして獣頭がうなり声を上げて出てこようとしている。

「魔法陣を潰《つぶ》して！　早く！」

「わかってるわよ！」

いったん奥に引っ込み、座席下の収納から杖を取り出したアズライは魔法を展開。純然たる魔力の光弾をその場で解き放つと、馬車の幌を突き破って放たれた光弾が、獣が這い出てこようとしていた魔法陣を次々に打ち抜いて破壊した。

魔法陣が破壊されると、這い出てこようとしていた獣も消えていく。幸いにも、魔法陣から一匹たりとも獣を出現させずに破壊することができた。

「っ⁉　貸せ！」

安堵《あんど》に胸をなで下ろす暇もなく、アダムはマルスから弩弓を奪い取ると林道の右手に向けて矢を放った……が、反応はない。

アダムは弩弓を投げ捨てると、愛用の短剣を鞘から抜き取り、奥の手の強化服《パワードスーツ》を躊躇《ためら》いもなく発動させせて強襲を仕掛けた。

「……ちっ」

だが、そこには先ほど放った矢が、布の切れ端を巻き込んで木に突き刺さっているだけで、他には何もなかった。

誰もいなかった。


いまだ緊張が抜けきらないマルスたち一行を、彼は遠く離れた場所から覗《のぞ》き見ていた。

「へぇ……割と立派じゃないか」

魔法による突然の強襲と、それに対する対応を見て、男はうんうんと大きく頷く。

初弾の魔法を弾いたクリスの反応と、完封した不可視の壁の強度。

暴走する馬車を壊すこともなく、馬を潰すこともせずに止めた判断。

やや見当外れでもあったが、魔導具の弩弓で牽制《けんせい》の反撃。

的確に魔法陣を潰した手腕。

そして見つからないと思っていた隠れ場所を見抜いて攻撃した行動力。

たった四人の組み合わせだが、まずまずの連携は取れていると見てよさそうだ。

だが、まったく問題がないわけではない。及第点ではあるが合格点はあげられない、といったところだ。

「一番の問題は、魔女の劣化具合だな」

聞くところによれば、魔女の存在は千年前の大戦後に減り、八百年前には完全に消え去っているらしい。なのに、あの四人組の中に一人いるのは僥倖《ぎょうこう》なのかもしれないが、質が低すぎる。

もし、千年前に原罪を相手にしていた魔女ならば、初手の攻撃を受ける前に襲撃者の居場所くらいは特定していただろう。

「でも、あの魔女……眼鏡をかけてたな。だとすると、本気じゃなかったのか？　ちゃんと視て摑めればこんなもんじゃないだろう」

わざわざこうして出張ってきた甲斐《かい》もあって、いろいろとわかることもあった。

やはり、何よりも問題なのは魔女の力だ。

「こりゃ少し、指導しないとダメかな？」

彼は口を弧月に歪《ゆが》めてその場を後にした。

2

謎《なぞ》の襲撃を受けたマルスたち四人は、襲撃の手が収まったと判断するや否や、すぐさまその場を離脱。魔法で眠らせていた馬を起こし、多少の無理をさせてしまったが、日が暮れる前に、ルースという街道の町にたどり着くことができた。

そこはハックマー＝ルースという領主が治めている町であり、周囲の森の管理と林業や畜産を産業の中心にしている町だ。

王子であるマルスなら、領主の家に出向いて挨拶《あいさつ》の一つもするのが礼儀かもしれない。

しかし今は、盗賊稼業の真っ最中でお忍び旅。

身分を隠し、町にある宿に引きこもることにした。

「さて……いきなりとんでもないことになってしまったな」

部屋を取り、宿の一階にある酒場に集まった一行の中で、マルスがため息を吐いた。

今はフードをかぶり、顔を隠している。街道沿いの小さな町だが、どこで誰がマルスの顔を知っているのかわからないための措置だった。

「まったくもって状況がわからない。誰が襲ってきたのか、襲ってきた方法はなんだったのか、どうして僕たちが襲われたのか……疑問点はこのくらいか？　おまえらに何か心当たりはあるか？」

「……そうですね」

真っ先に口を開いたのは、案の定というか、クリスだった。

「襲ってきた方法なら、断言できます。あれは古代魔法です」

「……やっぱりか」

それはマルスも想像できていたので、驚きはそれほど大きくない。だが、新たな疑問が芽生えないわけでもなかった。

「古代魔法はアズィーの専売特許だろう？　他にも使える者がいたのか？」

「いるわけがありません」

アダムの疑問に、クリスは即座に首を横に振った。

「現代の魔導具を使う魔法が主流になった今、扱いが難しく、使おうにもある程度の才能がなければならない古代魔法は、完全に廃れています」

「クリスが知らないだけ……とか？」

「世界の裏側《うらがわ》になればなんとも言えませんが、ここはディアモント王国の統治下。そして扱うのが古代魔法。そうなれば、否応《いやおう》もなしに耳に入ります」

「いちおう確認なんだが、あれは本当に古代魔法でいいのか？　いや、攻撃も火球ばかりだったんで、今ある既存の魔導具でも発動できなくはないだろう？」

「確かに現代の魔導具でもあの規模ならば再現できますが、攻城兵器に部類される規模の魔法でした。そんなものが林道の、それも防衛の要所でもないところにあるとは、到底思えません」

「それに最後の魔法も問題よね」

麦酒《ビール》がなみなみと注がれたジョッキを豪快にあおっていたアズライが、クリスの言葉を引き継いで口を開いた。

「あれ、あたしもよくわかってないけど……たぶん、召喚の魔法よね？」

「……よく、ご存じで」

アズライの発言に、クリスがわずかに目をすがめたことをマルスは見逃さなかった。

「召喚……って、そんな危ないものなのか？」

「まぁ、あれが全部魔力で成り立つものならって前提がつくが——」

マルスの疑問に答えたのは、魔法には縁遠いはずのアダムだった。

「——あの魔法陣から獣みたいなのが這い出てこようとしていた。魔法陣一つで何匹かはわからないが、魔女の命令で自在に動く対人兵器なんてとんでもないだろ」

「魔導人形《ゴーレム》があるじゃないか」

「魔導人形は運搬が大変だ。それに比べて、召喚ってのは魔法陣から獣っぽいものを取り出せる。それこそ、繁華街のど真ん中でもな。魔女が攻撃したい場所に足を踏み入れれば、あとは獣を召喚して暴れさせる……一瞬の攻撃で終わる攻撃魔法とは破壊規模が違うだろ。この世の軍事情勢が根底からひっくり返るぞ」

「それが本当にできるならね。ちなみに、あたしにはできない」

アズライはあっさりと白旗を揚げた。

「何故？」

「魔力が足りない……かな？　実は以前、ちょっと試してみたけどできなかったのよ」

「それだけ難しい、と？」

「召喚って魔法は、瞬間的な炎や雷と違って、ある程度の持続性を持つ物質を生み出すものなわけよ。そんなの無理っていうか無茶よね」

古代魔法は、極端な言い方をすれば〝魔力を使って想像を具現化する技術〟であり、別の言い方をすれば〝知は力なり〟の〝力〟を物理的な意味で実現させるものだ。

ただ、想像すればなんでもかんでも具現化できるわけでもない。使うのが個人の体内を巡る魔力だけなので、人一人が実現できる現象には限界がある。

「千年前でも今の時代でも、人一人が持ってる魔力なんてそうそう変わらないと思うんだけどなぁ……なんで書いてあったんだろ？」

「書いてあった？」

「フィアー王妃の手記にね、召喚っていう魔法についてのあれこれが」

「ふむ……」

フィアーの手記に召喚についてあれこれ書いてあるのは、魔女だったのだからこれといって不思議ではない。

気になったのは、アズライも「無理」と言った召喚を、フィアーが使えたのかどうかということだ。

同じ人間で、アズライにできないことがフィアーにはできたとも思えない。

「何かコツでもあるのかしら？」

「話がズレていますよ」

クリスが注意するように、確かに今は召喚魔法の実用性についてあれこれ論じている場合ではなかった。襲撃者が〝召喚魔法を使った〟ということこそ重要なのだ。

「ともかく相手は、召喚魔法を――途中で中断したとはいえ――実際に発動可能な魔力を有している古代魔法の使い手であると言えます」

「そんな奴《やつ》が僕らを襲ってきた……で、いいのか？」

「と言うと？」

「話を聞く限り、相手は伝説の魔女と同じくらいの力量はありそうだが……僕たちだから襲ってきたんだろうか？　それとも、たまたま通りかかったから僕らを襲ったのか？」

「…………」

「…………」

「…………」

襲撃者の意図を推し量ろうとするマルスの疑問に、残る三人がジロッと睨んできた。言外に『何言ってんだこいつ』と言わんばかりだ。

「あれはどう考えても、あたしたちだから襲ってきたわよね？」

「俺たちっていうよりも、マルスがいたからじゃないか？」

「私としても、そうとしか思えないのですが」

三者それぞれ、ともかく『マルスが狙《ねら》われた』と思っているらしい。

「なんでだよ」

「だっておまえ、王子じゃないか。いちおう要人だろう？　公式の場なら、護衛が何人もつくだろうし」

「いやいや、待て待て」

アダムの言いたいことはわからなくもないが、だからといって自分が狙われるのは納得がいかない。

「そりゃ確かに、王家だ貴族だってだけで命を狙う頭のネジが緩んだ奴はいるだろうが、僕が今ここにいるのは公式行事で来たからじゃないぞ？　内々の者しか知らない話だ。極端な話、父上も母上も、次期国王の姉上とて今こうして僕がここにいることを知らない。なのに襲撃者が僕を狙ったというのなら、情報を漏らしたのは身内ってことになる」

「……今回の盗掘を知っているのは？」

「いや、盗掘のことは話してない。単に出張とだけ伝えてある」

その出張というのが、巨大湖近くにあるアルマンディーという町で獲《と》れる淡水魚の市場価格の調査ということになっている。

「それを伝えているのは、ガネリアとエメラダと……あと、給仕の……ティパ、だっけ？」

「そう。あたしの代わりに給仕のまとめ役を任せてきたわ」

闇の疾風——もとい、麗かな春の日差し亭で給仕長を担っているのはアズライだ。高級志向の【別館】の方になるとクリスが指導役になっている。

けれど今は、その二人がここにいる。給仕の責任者が揃っていないことになるので、給仕長代理として選ばれたのが、ティパ＝モーラという女性だった。

「もちろん、あの娘にも出張としか言ってないわよ？　盗掘のことは話してない」

「ふむ……」

つまり、店に残してきた全員が魔導戦艦ユグドラシルについて何も知らない——ということだ。

ただ、盗掘にしろ市場調査にしろ、店に残った全員がマルスたちの目的地や移動経路を知っているのは間違いない。

「もし襲撃者が僕を狙ったのだとしたら、身内から情報を得たとしか思えないんだが？」

「……あんまり疑いたくはねぇなぁ……」

アダムの意見にはマルスも賛成である。

「じゃあやっぱり、あたしたちが襲われたのは偶然……かしら？」

「アズィーでも実現できない古代魔法の召喚を使って襲う盗賊……か」

「うーん……その〝盗賊〟ってのも、どうかなぁ」

なんだかアダムが気になることを言い出した。

「どういう意味だ？」

「相手は一人だったんだよ」

「何故わかる？」

疑問に思うマルスに、アダムは取り出した布の切れ端を見せた。

「覚えてるか？　敵の召喚魔法をアズィーが阻止してた際、俺がおまえから弩弓を借りて林に撃ち込んだのを」

「ああ。何やってんだ？　とは思ったが……」

「その際、この布きれが俺の撃った矢に貫かれて木に刺さっていた。あの場に誰かがいたのは間違いない。俺の勘だと、それは一人だった」

「一人……ん？　いやいや待て待て」

アダムの推測が正しいとすれば、それはそれでとんでもない話である。

「阻止したとはいえ、敵が最後に使おうとしていた召喚魔法は馬車をぐるりと取り囲むほどだったぞ？　それを一人でやったということか？」

「……そういうことになるな」

「どんな化け物だ、それは……」

話を聞く限りでは、召喚魔法は一体でも難しいようだ。それを同時に何体も——となると、同じ人間の仕業とは到底考えられない。

それこそ、ヴァーチェや原罪のような人外の存在や神みたいな印象を受ける。

「でもそれ、一人だったって本当？」

アダムの話に異を唱えたのはアズライだった。

「あたしは人の気配なんて感じなかったし……魔法の規模もね、一人っていうのはちょっと信じられない」

「一人だと断言はできないが、その可能性は極めて高いと俺は思うぞ。その証拠が、この布きれだし」

「どういうこと？」

「あのとき、俺は火炎の属性を矢に持たせて撃ったんだよ。その場合、着弾と同時に爆発して炎上するだろ？　でもこれは、木の幹に刺さってたんだ」

「それは……」

不発だった――と考える者は、少なくともこの場にはいない。強制的に魔法の発動を中断させられたとしか思えない。

普通なら無理な話だが、決して不可能なわけではないからだ。

例としてあげるなら、魔導人形の支配権を奪う方法が使える。あれは魔導人形と操る魔法使いの繋がりに介入することで奪い取る技術だ。

実のところ、その方法は通常の魔導具の魔法に対しても可能なのだ。ただ、他の魔法の場合は起動から発動までが短く、介入する暇がない。だから誰もやらないだけだ。

「それとこの布、見てくれ。綺麗《きれい》なもんだろ？」

「それが？」

「矢が刺さっていたのは、俺の胸辺り。てことはこの布きれ、上着の裾《すそ》とか袖《そで》付近のものだと思うんだが、血の跡がついてない」

「避けたんだろ？」

「それでも衣服の一部を引っかけたんだぞ？　それなら直撃しなくても飛んできた矢の衝撃でそこそこ皮膚は裂けるし血も出るはずだ。かすり傷でも、この布のどこかしらには血の跡がついていてもおかしくない」

「……つまり、どういうことだ？」

「この矢を受けた奴は、飛んできた魔法矢の発動を中断させた上に……たぶん、木に当たる前に止めたんだろうな。そんでわざと衣服の一部を引っかけて木に突き刺し、破って残していった……ってことだと思う」

「なんのために？」

マルスが理解できないとばかりに声を荒らげるのも無理はない。話していたアダムとて、自分で言いながら意味がわからないと思っている風だ。

「警告……いえ、示威でしょうか」

　ぽつりとクリスが呟いた。

「自分はここまでやれるぞ――という……」

「ああ、それはわかるかも」

　クリスの言葉に、アズライも同意する。

「召喚が使える、攻撃性の魔法を発動前に中断させられる。おまけに、直撃させられるはずだった火球を直前で破裂させてこちらに被害が出ないようにしている……。自分の力を見せつけたいためと言われれば、確かに納得できそう」

　火球が馬車に直撃しなかったのはクリスの加護による不可視の盾が防いでくれたわけだが、アズライはそのことを知らない。ただ、示威という言葉で都合良く解釈してくれたようだ。

「それに、それだけの力を持っているのなら、店長が言うように複数で行動するよりも一人の方がいいんじゃない？　並の連中と組んでも足手まといになりそう」

「しかしなぁ……示威とは言うが、なんで僕たちに見せつけたんだ？　偶然か？」

「…………」

　問いかけるマルスに、クリスは目を伏せて返答を保留する――いや、これは保留したいわけではないのかもしれない。

長い付き合いなので、なんとなく言葉にしなくても言いたいことがわかってしまった。

「まぁ、ここであれこれ憶測だけで話し合っていても無意味か」

だからマルスは、ため息を吐いて話を終わらせた。

「とりあえず断言できることは……一つ、敵の数は一人。二つ、敵は古代魔法の使い手。三つ、敵は自分の力を見せつけたかった。こんなところか？」

自分で口にしておいてなんだが、まったく意味不明な相手だと思わざるを得ない。

単に古代魔法を使えるようになって浮かれ、誰彼構わず力を見せつけたがっている目立ちたがり屋であってほしいと思うのだが……それは少々、都合のいい話だろうか。


そしてその夜、割と遅い時間にクリスがマルスとアダムの部屋にやってきた。

ルースの町で取った宿は、二人部屋を二つ。男女で分けている。

そんな男女別の部屋にやってくるのは、男女を問わず行儀の良《い》い話ではない――が、クリスの行動にはちゃんと理由があった。

「アズライさんは……なんですか、あれ。すぐに酔《よ》うくせに、酔い潰れないのはどういうことですか」

どうやら訪れてくるのが深夜になったのは、アズライの晩酌に付き合っていたから、らしい。

「おまけに絡み酒の笑い上戸って、手に負えません」

「あいつ、見た目は悪くないのに中身はおっさんだからな……」

ややお疲れ気味のクリスを慮《おもんぱか》ってか、アダムがそんな風にアズライを評した。

今の話は、本人の耳に入らないようにした方が良さそうだ。

「アズィーの痴態はともかく……それで？　何か話があるんだろう？」

マルスはベッドに腰かけてクリスに話すよう促した。別にクリスも座っていいのだが、いちおう王子《マルス》の従者扱いなので、その辺りは分別をつけているらしい。

「実は……モルガナと連絡がつかないのです」

「モルガナ？」

「失礼、フェイスのことです。私がクリス＝ベルーラの名を持つように、彼女はモルガナ＝ヴェールと名乗っています」

「なるほど。じゃあ、今度からフェイスのことはモルガナと呼ぼう。アズィーにも誤魔化しが利くし。でも、そういう話じゃないだろ？」

マルスが気になるのは、モルガナとの連絡がつかない理由だ。

「よくわからないが、ヴァーチェの連絡ってそう簡単にできるもんなのか？」

「居場所さえわかっていれば」

「逆を言うと、居場所がわからないとどうしようもない――ってことか」

アダムの言葉に、クリスは頷く。

「てことは、モルガナはあんたからの連絡を無視しているか、居場所を変えたってことかな？」

「そうなります。単に無視してるだけかと最初は思っていたのですが……昼間の一件で、少々考えが変わりました」

「古代魔法の使い手が現れたから？」

アダムの質問に、クリスは頷いた。

「これはまだ憶測ですが、もしかすると昼間に私たちを襲撃した者はモルガナの息がかかっているかもしれません」

「つまり、黒幕はモルガナだと？」

「私がアズライさんに古代魔法の使い方を教えたようなことを、モルガナもしたのではないかと思います」

「ふむ……」

それなら確かに、古代魔法の使い手が今になって現れたことにも納得できる。

「だが、その意図は？」

「お二人の資質を測るためかと」

「資質……というのは、僕らの信仰心のことか？」

「ええ」

「……わからんな」

マルスはクリスの話に首をかしげた。

言ってることはわかるのだ。ただ、その手段がどうにも理解できない。

「アズィーがいた手前、襲撃者の目的は示威行為と言ったが、あの火球、おまえが守らなければ直撃してただろ？　言ってはなんだが、こっちを殺す気だったじゃないか」

「私がお二人を新たな主と認めていることを、モルガナは承知しています。言うまでもなく私の力――剛毅《ごうき》さ宿る魂の輝きで発動する鉄壁の盾も、把握しております。ですので、古代魔法程度で傷つくことはないと考えたのではないでしょうか」

「死ぬことはないから襲ってきた……そういうことか？　それで、なんで僕らの信仰心を試せるんだ？」

「すべて仮定の話ですが……襲撃者はモルガナの手ほどきを受けて古代魔法が使えるようになった。その目的は、お二人の資質を測るため。つまり、襲撃者もまた、私たちの真の敵ではないということです。モルガナが重視するのは信仰心――信じる心ですから、お二人が襲撃者のことを信じられるかどうかを試しているのではないかと……」

「それは……」

無茶苦茶な話だと、マルスは率直に思った。ちらりと見たアダムも、困ったような表情を浮かべている。

「いくらなんでも、問答無用で、それもあんたがいなけりゃ大怪我《おおけが》――最悪死んでいたかもしれないような襲撃をしてきた奴を信じることなんて、普通はできないだろ……」

どうやらアダムの考え方も心証も、マルスと大差がないようだった。

実際、マルスもそう思う。いきなり刃を向けてきた相手を「大丈夫、僕らはあなたのことを信じてます！」と言うのは、余計に嘘《うそ》くさいし胡散臭《うさんくさ》い。

それにはクリスも同意するが、しかし事情もあるのだと言う。

「その普通ではない信頼が、お二人に対する加護を強めるのです」

詳しく話を聞くと、クリスたちヴァーチェの加護は一定ではないのだという。

たとえばクリスの場合、彼女がマルスとアダムに授ける加護は如何《いか》なる障害をも撥《は》ね除《の》ける鉄壁の盾だ。しかしそれは、脅威に対して怯まず、脅《おび》えず、屈することもない心の頑強さによって強度が変わる。

早い話、もし何事にも動じない鋼のごとき心の強さがあれば、たとえ原罪の天災みたいな攻撃さえ防ぐことができる。

逆に、脅えて弱腰になれば、そこいらの魔導具から放たれた一撃でも傷を負うだろう。

「モルガナの加護は〝貫通力〟です。それは一切の疑念を抱かず、疑うことも迷うこともなく一途《いちず》に純粋に信じ抜く心の輝きが、力の源になっております。信じる心が強ければあらゆるものを貫きますが、そうでなければ煉瓦《れんが》すら貫けません」

だからこそ、モルガナはマルスたちが顔も名前も知らない相手をけしかけてきた——そういうことらしい。

それならそれで、多少は理解できる。

だが、納得するのはやはり難しい。

「クリスの話を聞いた上で言わせてもらえば、それはちょっと、順番が違うな」

モルガナと出会い、マルスやアダムを主と認めるかどうかを判断するというような話を聞いた上で、今回の襲撃者が現れたのならある程度は納得もしよう。

しかし今は、当のモルガナと顔さえ合わせていない。おまけに、クリスが「会いに来い」と誘ったのも断っている。

これはかなり、礼儀を欠いた行動ではないだろうか。

「信頼ってのは、ある程度の土台が必要だろ？　たとえばこの宿で安心して一泊できるのは、ここが宿屋として長年経営を続けている実績があるからだ。逆に、下の酒場で隣の席に座っていた見ず知らずの他人に金を貸して、担保もなしに返してもらえると考えるのは愚かしいにも程がある。なのに、そうすることを〝信頼〟と呼ぶのだと言われても、僕としては違和感しかないぞ」

「そもそも、襲撃者がモルガナの差し金っていうのも憶測だろう?」

マルスの感触とは別に、アダムが思うことを口にする。

「まったく関係ない可能性もあるんだよな? 俺らにしてみれば顔も合わせていないし、あんたの方も連絡が取れていない。別件の可能性だってあるわけだ。モルガナへ不信感を募らせるのも早計だと思うけどな」

アダムの言い分も、まったくもってそのとおりだとマルスは思う。

今はまだ顔も合わせていないし、言葉も交わしていない。クリスの話とて、本人と連絡が取れていない以上、やはり憶測でしかないのだ。

「結局、ここであれこれ考えていても仕方がないってわけだ。問題は再び襲撃者が現れたときの対策方法だが……どうする?」

「特に脅威ではないと判断します」

そう答えたのは、クリスだった。

「私がお二人に授けた鉄壁の盾は、怯みさえしなければどれほど強力な古代魔法とて脅威にはなりません。再び襲ってきたときには、強い心を持って立ち向かっていただければ十分かと」

ビビってないで力ずくでねじ伏せろ――クリスはそう言いたいらしい。

「あんな爆発やら見たこともないバケモノにビビるな、と……?」

「どんなに見た目が派手であったり異形であったとしても、無害であれば問題ないのでは？」

「人のことを、恐れを知らない狂戦士《バーサーカー》みたいに言わないでくれ」

呆れるアダムに、クリスは薄い笑みを返すだけだった。本人はにっこり微笑《ほほえ》んだつもりなのかもしれないが、鋭利な刃物みたいな美しさで微笑まれても、何かよからぬ思惑がある悪女みたいにしか見えない。

「……まぁ、なんだ」

二人のやりとりを黙って見ていたマルスは、やれやれと言わんばかりにため息を吐く。

「結局、襲撃者の対応についてはこれといった案はない――ってことだな？　じゃあ、とりあえず予定どおりに、魔導戦艦ユグドラシルの発掘に向かおう。あと二日もすれば到着するしな」

結局、襲撃者のことは棚上げにするしかなかった。

単なる発掘からのお宝探しと思っていたのに、甚だ厄介なことになってきた。こんなことになるとわかっていれば、店を閉めて闇の疾風の主力全員で来れば良かったのかもしれない。

自分が企画して実行したこととはいえ、店に残してきた面子が少し羨《うらや》ましい。

そんなことを、マルスは思った。

3

マルスたちが〝出張〟と称して魔導戦艦ユグドラシルに眠っているかもしれないお宝を盗掘するために旅立った翌日も、麗かな春の日差し亭は平常どおりに営業中だった。

それは飲食店として当然のことだが、店の理念としても〝営業を続けること〟は譲れない一線だった。

何故ならば、麗かな春の日差し亭は盗賊団〝闇の疾風〟の拠点だからだ。

闇の疾風は、およそ百年前にディアモント王国を襲った戦争中に、王国の窮地に市民が自らの意思で街を守るために結成した自警団を祖とした組織だ。

そんな闇の疾風は、平和になった世の中に馴染《なじ》めない無法者の集まりだが、人の道を踏み外した外道集団ではない。戦う術を持たない弱者のための剣であり、盾でもある。

剣としての側面が、闇の疾風として悪徳商人や外道貴族を襲撃して財を奪うことだとすれば、盾としての側面が麗かな春の日差し亭で安く料理を提供することだ。

おかげさまで、店は連日大繁盛だった。

特にマルスが支配人《オーナー》になり、【別館】と称して高級志向の店舗を新規に立ち上げてからは、食堂の方は採算度外視の低価格を維持しながらも黒字、あるいはトントンな売り上げが続いている。

「あ～……疲れた」

夜の仕込みに向けて遅めの昼食と休憩を取っている従業員の一人が、不満を隠そうともせず、盛大に愚痴を吐いた。

「こっちは必死に働いてるっつーのに、支配人たちは巨大湖で遊《あそ》び呆《ほう》けてるってのはズルくねぇ？　俺も一緒に行きたかったなぁ」

年の頃なら十代前半、透き通るような白い肌に銀色の髪、琥珀《こはく》色の瞳《ひとみ》を持つその容姿はまるで女の子。なのに口調は粗野で乱暴、振る舞う所作は男の子。

まるでお伽噺《とぎばなし》の中に登場する両性具有を思わせるが、本人は強く自分のことを〝男〟と主張している。誰かが確かめたわけでもないが、本人がそう言うのならそうなのだろう。

そんな少年の名はエメラダ＝ベリル。

ここ、麗かな春の日差し亭で使う食材や飲み物の仕入れ担当主任であり、裏稼業の闇の疾風では団員たちが使う魔導具の整備や改造、あるいは製作まで行う魔法使いだ。

その階級《ランク》は三段階あるうちのちょうど真ん中である魔道士《ワーロック》。すなわち、魔導地脈《マナ＝ライン》から対象魔導具の情報を読み取り、書き換えて自分のものにできる腕前を持っている。

「何を言ってやがる。支配人たちも遊んでるわけじゃねぇだろう」

そう言ってエメラダを叱《しか》りつけたのは、壮年と呼ぶような年齢にさしかかっているガネリア＝グロッシュラーだ。筋骨隆々の厳《いか》つい体つきに、数多《あまた》の戦場をくぐり抜けてきた歴戦の強者《つわもの》を思わせる鋭い眼光を持っている。

実際、ガネリアは闇の疾風だと戦闘部隊の隊長を務めている幹部の一人だ。そして、アダムの育ての親でもある先代団長とも肩を並べて活動していた一番の古株でもある。

一方で、麗かな春の日差し亭では料理長として、なくてはならない人材だった。百年の歴史を誇る老舗《しにせ》食堂の味を守り、最近になってできた【別館】の方でも、繊細な盛り付けや味付けを難なくこなしている。

マルスやアダムがいない今、実質的な責任者もガネリアだった。

「愚痴ってねぇでやることをちゃんとやる奴ってのが、一人前ってもんだ」

「そうは言うけどさぁ、おやっさん」

ガネリアに怒られても、エメラダの不満の火はまだまだくすぶっているようだ。

「支配人たちの出張って、魚の市場調査なんだろ？　だったら、仕入れ担当の俺もついていくのが道理じゃん。いや、むしろ俺が行かなくて誰が行くんだよ」

「そんなもん、支配人や店長にでもできることだろ。けど、こっちで食材の搬入と搬出の判断ができンのはおめぇだけだろうが」

ガネリアが言うことにも一理ある。というか、正論だ。

エメラダの仕事は、店で使う肉や野菜を外部の業者に発注して仕入れることだ。しかし、注文して終わり——というわけでもない。

飲食店での客入りなんて生だ。その日になってみないとわからない。事前にしっかりと料理の仕込みをしていても、足りなくなったり余ったりもする。

特に、客足を読み間違えて食材が足りなくなったときは、急いで別の料理に切り替えなければならない。「ありません。売り切れです」などというのは、飲食店の矜持《きょうじ》として決して口にしたくない言葉だ。

その際、どんな料理にするのかを考えるのはガネリアだが、どんな料理が作れるのかは食材を管理しているエメラダの情報に頼らなければならない。そればかりは、支配人であるマルスや店長のアダム、給仕長のアズライやクリスでは補えない部分だった。

「調理場で料理を作る料理人が店の顔だとすりゃ、おめぇみてぇな仕入れ係は店を支える屋台骨だろうがよ。支配人や店長がいなくても店は回せるが、おめぇがいなけりゃ店は回らねぇんだ。そこんとこ自覚しろよ」

「むぅ～……」

不満がありそうな顔でむくれるエメラダだが、それ以上、文句や不満を口にすることはなかった。

さすがは皆から〝おやっさん〟の愛称で呼ばれ、一番の年長者でもある。子供《エメラダ》の機嫌を取ることもお手の物だ。

ただ、誤解してはいけない。

ガネリアがエメラダのことを〝必要な人員〟みたいに評したのは、決してご機嫌取りの方便ではなかった。店を切り盛りする上で必要不可欠な人員と評しているのは、紛れもない事実である。

「けどさあ、支配人たちが急に出張するって、なんか怪しくね？」

「ま、上の人間には上の人間ならではの考えってぇのがあるんだろ。そこを察してやるのが大人ってもんだぞ。それにその分、面倒事を背負い込んでくれるのも上の人間の役目ってなもんなんだよ」

「ホントかよそれ」

達観したようなガネリアのセリフにエメラダは懐疑的だが、実は的確にマルスたちの状況を表していることを、店に残った二人は知るよしもなかった。

ルースの町で一夜を過ごした翌日、一行は昨日の襲撃者を警戒しながらの巨大湖への旅路を急いだ。

いつ古代魔法を使う襲撃者が現れるかもわからない。そして、ここから先は二日の行程でありながら、間に町はない。小さな村はあるのだが、立ち寄っても宿があるかどうかもわからない。

こうなると、最低でも一日は野宿をすることになる。

元からその予定だったのだが、かなり状況が変わってしまった。野宿をするということは、夜襲に警戒する必要が出てくる。

なかなかに精神がすり減る話だった。

実際、アダムが一番疲弊したかもしれない。日中の移動では馬車を操り、夜には夜襲に備えて警戒していた。マルスも「夜の番くらいならやるぞ」と言ったのだが、侍女としての立場からクリスに止められ、代わりにクリスが見張ると言い出したが女性に任せるわけにはいかないと、結局アダムが自主的に請け負ったのだった。

「今度、僕も馬車を操れるくらいの練習はしようかな」

思わずマルスはそう思うくらい、なんだかアダムに対して申し訳ない気分になった。

そして、それほどまでの負担を強いたにもかかわらず、あの日以降、襲撃者が現れなかったのは、ひとまず幸いだったと言っておこう。

こうして一行は、警戒していた割にはあっさりと、巨大湖に面したアルマンディーの町に到着したのである。

「すっごーい！　これが巨大湖？」

眼前に広がる広大な湖を前に、アズライが弾んだ声を上げた。

寄せては返す水面に対岸が見えない水平線。左右を見ても白い砂浜の湖岸が続き、海と言われてもまったく違和感がない広さがある。

「ふわぁ……凄《すご》いわね。どれくらいの広さがあるの？」

「面積で言えば八万平方キロメートルだったかな？　なんだ、アズィーは巨大湖を見たことがなかったのか？」

そういうマルスは、幼い頃に何度か来たことがある。夏場の避暑地として貴族には人気の地なのだ。

「うーん、来る機会がなかったのよ。店の仕事があるし、ヴァーチェに関係する場所ってわけでもなさそうだったし」

「なるほどね。ちなみに、ここの湖で獲れる魚が王国領土内で獲れる水産物の三割を占めている。当然、うちの店でも仕入れているぞ。淡水湖だから、近隣では生活水としても使われている。近くに三軒、少し離れた場所に一軒、浄水場があったはずだ。そこからあちこちに水を送っているな」

「あら、ずいぶん詳しいわね」

思わぬマルスの博識っぷりに、アズライは素直に感心した。案内役《ガイド》いらずである。

「政治的影響力はなくとも、王家だからな。領土内の情報は幼少の頃からいろいろ叩き込まれたんだよ」

「それならこれからどこかに出かけるとき、支配人が一緒だと他の案内はいらないってことね」

波打ち際で水をパシャパシャと蹴《け》って遊ぶアズライは、初めて見る巨大湖に少しはしゃぎ気味だった。他の人にはともかく、マルスにはあまりしてこなかった軽口が出ている。

気持ちはわからなくもない。

マルスも、久しぶりに来た巨大湖の雄大な景色に癒《い》やされていた。ちょうどいい気分転換だ。

これでもう少し日の高い時間だったらよかったのだが、到着したのが昼過ぎ、宿を取ってから「巨大湖を見ておきたい」と言うアズライに付き合って到着したのが、夕暮れの時刻だった。贅沢《ぜいたく》は言うまい。

「それで支配人、これからどうするの？」

「……とりあえず、今日は休息日だな。予定日数を少し超えてしまうが、アダムの疲労を回復させてから調査しよう」

今ここにいるのは、マルスとアズライの二人だけだった。アダムは疲労を抜くために宿屋で休息中、クリスは「一人でいるのは危ない」という総意の末、宿に残ることを選択したのである。

二人一組での行動なら、どうして男子組、女子組にならなかったのかと言えば、クリスがアズライに同行するのを渋ったからだ。変な探りを嫌うクリスは、相変わらずアズライが苦手のようだ。

そうなると必然的にマルスが付き合うしかなく、こんな組み合わせになったのだった。

「そういえば、魔導戦艦を隠している……結界、か？　その解除方法はちゃんと習得しているんだよな？」

マルスも家への借金返済という後ろ暗い目的はあるが、今回の遠征で最も気合を入れていたのはアズライだ。

フィアー王妃の手記を手がかりに、魔導戦艦を隠す隠匿魔法の結界を解除する方法がわかったと言い出したのはアズライだ。結界を把握しているのも、解除の仕方を理解しているのも彼女だけだ。

言うなれば、発掘の成否はアズライにかかっていると言ってもいい。

「大丈夫よ。珍しい永続効果のある結界なだけあって、仕組みは……そうね、今ある魔導具に近いものがあるの。しかるべき場所でしかるべき合い言葉を、魔力を込めた呪歌《じゅか》にして唱えれば現れるみたい」

「現れる……？　もしかして、湖底から浮上してきたりするんじゃないだろうな？」

そんなことになったら、世界がひっくり返るくらいの大騒ぎになる。

「そこまでは……どうなのかしら？　表に出てくるのかもしれないし、呪歌の範囲内にいる人たちを魔導戦艦に転移させるのかもしれないわね」

「魔法で転移なんてできるのか？」

「いや、だからわからないわよ。普通に転移魔法のことを言ってるのなら、あたしには無理だけど」

どうやらここは、「そういうものなのか」と納得するしかないらしい。

まあ、アズライとてなんでもかんでもわかっているわけではないし、古代魔法の使い手と言っても神様みたいな万能者というわけでもないのだから。

「それもこれも、明日になってみればわかるってことか。それじゃ、そろそろ戻るか？湖は十分に堪能《たんのう》しただろ？　あまり長居をすると冷えるし――」

「やあやあ、そこのお二人さん。ちょっといいかな？」

そろそろ移動しようと、マルスがアズライに声をかけたときだった。背後から妙に親しげに、悪く言えば馴《な》れ馴《な》れしい感じで声をかけられた。

振り返れば男が一人、白い歯を見せてにこやかな笑みを浮かべて立っていた――のはいいのだが、何故だろう、いつかどこかで見たことがあるような男だった。

「……何か？」

「まぁまぁ、そんなに警戒しなさんな。たいした用じゃない。ちょっとお誘いに来たんだ」

「お誘い？」

「そうそう。ちょっとね、そこの湖の底にでも――と」

「っ⁉」

にぃっと笑う男を前に、マルスは得体も知れぬ悪寒に総毛立ち、本能的に距離を取った。

「アズィー、気をつけろ！　こいつが街道で僕らを襲った襲撃者だ！」

「――ッ⁉」

断言するマルスの言葉に、アズライは息を呑《の》むほど驚きつつも、すぐに臨戦態勢に入った。こんなことなら杖を持ってくれば良かったと後悔したが、古代魔法なら杖がなくても使えなくはない。

すぐさま術式を組み上げたアズライは、問答無用で襲撃者に魔力の光弾を叩き込んだ。

一発や二発ではない、四方八方から無数に、舞った砂塵《さじん》で前が見えないくらい、下手をすれば地面が抉《えぐ》れていてもおかしくない勢いで叩き込んだ。

だが――。

「……うーん」

——立ち込めた砂塵が落ち着いたそこに、襲撃者は何事もなかったかのように立っていた。倒すどころかかすり傷の一つもない。それどころか、地面が抉れてもいないし地形にも変化がない。

完全完璧《かんぺき》に封じられている。少し強い風が吹いた程度の変化しかなかった。

「う……嘘……」

さすがの事態に、アズライも唖然《あぜん》とした。

もし本当に今の古代魔法が完封されたのだとしたら、敵《かな》うとか敵わないどころの話ではない、次元が違う。

「いやいや、何を驚いているんだ？　そっちだってまだ本気じゃないだろ？　いい加減、そんな視えにくくなる眼鏡なんて外して、本気を出していいぞ。こっちも全力で相殺するから、そこまで被害は大きくならないはずだ」

「……何を言ってるんだ？」

襲撃者の言葉に、マルスは怪訝《けげん》な表情を浮かべてアズライに目を向ける。

かといってアズライの方も、なんのことかわからない——といった風に戸惑っていた。

「うん？」

そして襲撃者の方も、不思議そうに首をかしげた。

「もしかして、自覚なし……か？　まいったな……ここまで劣化してるとは思わなかったぞ。……これが千年の隔たりってヤツかぁ……こりゃ当初の予定どおりに行くしかないな」

マルスやアズライにはさっぱり理解できないことを独りごち、襲撃者は深いため息を吐いた。

「よし、おまえら。聖墳墓に行く前にいろいろ知と力を鍛えてこい」

そう言って、男が指を鳴らした途端——世界が暗転した。

意識を手放したわけではない。

夕暮れの明かりが一瞬にして消失し、一寸先も見えない闇に包まれていた。

「なっ、何これ⁉　どうなってるのよ！」

状況が摑めずに戸惑っていると、慌てたアズライの声がすぐ近くから聞こえた。

「アズィー、そこにいるのか？」

「えっ、支配人⁉　あ、ちょっと待って！　動かないで。すぐ明かりを点《つ》けるから。絶対に動かないで！」

アズライが妙に念押ししてくるが、もとよりマルスも動くつもりはなかった。まったく見えない中、不用意な行動に出るほど愚かではない。

暗闇の中、すぐに明かりが出現した。アズライが魔法で光を灯《とも》してくれたおかげで、ようやく周囲の状況を把握することができた。

「すぐ近くにいたんだな」

「そ、そうね」

二人の位置は、湖岸で襲撃者と対峙《たいじ》していたときとまったく同じ距離だった。

「それより、さっきの念押しはなんなんだ。いくら僕でも、こんな真っ暗闇の中、不用意に動くわけないだろ」

「というよりも、声の感じから近いのはわかってたから。下手に動かれて、変なとこを触らないようにしてあげたのよ」

「変なとこ？　罠《わな》でも仕掛けてあるのか？」

「そういうことじゃなくて……まぁ、支配人は紳士ですから？　なんの心配もしてないですけどね」

罠に警戒することと紳士であることにどんな因果関係があるのかわからないが、心配してないと言うのなら気にする必要もないだろう。

問題なのは、今いるこの場所のことだ。

「どこだここは……？」

そこは、上下左右を岩盤で囲まれた通路のような場所だった。

窓はない。故に明かりはどこからも射《さ》していない。横幅は王宮の廊下くらい広く、圧迫感もなかった。

ただ、前を向いても後ろを向いても先がまったく見えなかった。

「どこかの洞窟《どうくつ》……か？　そもそも、なんで僕たちはこんなところにいるんだ？」

「もしかして……転移させられた……？」

アズライが信じられないとばかりに声を震わせる。

「転移……させられた？」

「だから、あの襲撃者にこんな場所に飛ばされたってこと」

「そんなことが可能なのか？」

「知らないわよ。少なくとも、あたしには無理。けど、あの男は古代魔法の使い手でしょう？　それも、召喚魔法まで使えちゃうような凄腕《すごうで》の。あたしはもう、あいつが何をやらかしたって驚かないわよ……」

確かに、常識の埒外《らちがい》な力を持つ古代魔法の使い手だというのは間違いなさそうだ。同じ古代魔法の使い手であるアズライが、手も足も出なかったのをマルスも見ている。

ただ――。

「古代魔法が使えるのは魔女だけじゃないのか？」

「理論的には男の人でも使えるわね」

「男でも〝魔女〟って言うのか？」

「問題はそこ？　魔女って言い方が気になるなら……そうね、魔王とでも呼べばいいんじゃないかしら?」

魔王とは、ずいぶんと創作的《ファンタジー》な名称をつけるものだ。

確かに相手の力量はバケモノじみているが、そんな英雄譚《たん》のお伽噺にしか出てこないような存在が相手だとでも言うつもりだろうか。

……あながち、間違いではないのかもしれない。

「やれやれ……魔導戦艦の発掘に来て、魔王が出てくるとはな。いつから僕らはお伽噺の世界に迷い込んだんだ?」

「いやあの、魔王って言ってもそういうものじゃなくて——」

「……グルルルル……」

何やら妙な音——唸《うな》り声?が聞こえたような気がする。

「……今のはなんだ……?」

「そ……そんなこと、あたしに聞かれても……」

二人は、確かめたくないけれど確かめなければ始まらないとばかりに、そろそろと背後を振り返った。

光量が足りないのか、よく見えない。

アズライは、そっと光を強くした。

「——ッ!」

二人揃って喉《のど》を引きつらせ、声にならない悲鳴を上げた。

そこにいたのは一匹の獣。おおよその形は狼《おおかみ》などイヌ科の獣に似ているが、サーベルのように鋭い二本の牙《きば》と、血で染め上げたような真っ赤な瞳、灰色の体毛から見え隠れする背びれのような刃を体のあちこちから生やしている。

いったいどこの世界に、こんなバケモノが存在するだろうか。少なくとも、マルスやアズライは見たこともなければ聞いたこともない。

「グルアァァァァッ！」

まるで体が剣で出来ているような狼――剣狼《サーベルウルフ》が、威嚇するような声を張り上げて二人に襲いかかってきた。

「きゃあっ！」

アズライは悲鳴を上げる。驚愕《きょうがく》なのか、それとも恐怖なのか、どちらであれ、身が竦《すく》んだことは間違いない。

対して剣狼は、狼のような体軀《たいく》をしているだけあって動きが速かった。わずかな反応の遅れが命取りになる。

「この――ッ！」

そんなアズライよりもまともに動けたのはマルスの方だ。

鞘から弩弓を抜き、アズライと剣狼の間に割って入った。飛びかかってきた剣狼を弩弓で受け止め、弾《はじ》き返《かえ》す。

さすがは不可視の盾《フォーティテュード》の加護と言ったところか。全身が鋭利な刃物で覆われている剣狼の突進を受けても傷一つ負うこともなかった。

距離が開くと同時に、マルスは炎の魔力弾を放つ。攻撃力なら他の属性よりも頭一つ抜きん出たものだが、しかし剣狼は立て続けに放った魔力弾のことごとくを回避した。狂ったような目つきでありながら、攻撃を回避する理性は残っているらしい。

「下がって！」

初遭遇の衝撃から立ち直ったアズライから、声が飛んでくる。

マルスは魔力弾で剣狼を牽制し、自ら下がるよりも相手を下がらせた。

直後、壁や天井、足下の床が鋭い棘《とげ》となって剣狼の全身を貫いた。

素早く動き回って回避するのなら、逃げ場がない全方位から攻撃すればいい――そう判断したアズライが天井や壁、床を無数の錐《きり》に変え、全身を貫くことで、体中《からだじゅう》から剣を生やしていたバケモノは動かなくなった。

「お……終わったか……？」

「これで生きてたら、正直ドン引きよ……」

アズライの言うことももっともだ。事実、棘まみれの壁や床が元に戻り、どさりと通路に横たわった剣狼はピクリとも動かない。

どうやら、バケモノはバケモノでも、不死のバケモノというわけでもないらしい。

「それにしても……なんなのこれ？　支配人が言うように、あたしたち、本当に物語の世界に迷い込んだってこと？」

「そんなわけあるか。これは紛れもない現実だろ。たぶん僕たちは、アズィーが言うようにどこかへ転移させられたんだな。空気もあるし、ものの上下もある場所なのは間違いないが……元の世界かどうかが疑わしいな」

「元の世界……？」

妙なマルスの言い方に、アズライは怪訝な表情を浮かべた。

「じゃあここは、別の世界とか言うの？」

「その可能性はあるかもな」

「そんな、突拍子もない……」

「そう思うか？　僕のご先祖様がなんと呼ばれているのか、忘れたか？」

「……あー……」

ディアモント王国を建国した英雄王アカツキ。建国神話の一節には〝異界より現れて世界を救った――〟とあることを、アズライは思い出した。

「まさか……神話は史実だった……？」

「魔導戦艦ユグドラシルがあるなら、その話もあながち嘘じゃない――かもな」

だとすれば、ここはアカツキの生まれ故郷ということだろうか。

それとも、アカツキの故郷でも元のディアモント王国でもなく、まったく別の異世界ということだろうか。

「グルゥゥ……」

再び聞こえてきた唸り声に、マルスとアズライは息を呑む。そこには再び、剣狼が現れていた。

それも、複数。

「おいおい……」

「冗談でしょ……」

ここが元の世界であれ異世界であれ、一つだけはっきりしたことがある。

ここは、異形の怪物が跋扈《ばっこ》する魔窟だということだ。


「いったいどこまで行ったのかしら……」

アルマンディーの町に到着し、疲労困憊《ひろうこんぱい》だったアダムを一人で寝かせておくわけにはいかないと宿に残ったクリスは、日が暮れて夕飯の時間が終わり、人々が酒盛りを始める頃になっても戻ってこないマルスとアズライの行方に、不安を募らせていた。

これはさすがにおかしい。

確か二人は、アズライの要望で巨大湖を見に行くだけだったはずだ。それが今になっても帰ってこないのは、何かがあったとしか思えない。

襲撃の一件や連絡しても返事をしないモルガナのこともあり、嫌な予感は時間経過とともに膨れ上がってきた。

「アズライさんが一緒だから滅多なことはないでしょうけれど……」

こんなに遅くなるのならアズライの同行は自分がするべきだったと、クリスは今さらながらに後悔する。

今まで、こんなに長時間マルスと離れたことはなかった。

なんだか落ち着かなくてそわそわする。

「……仕方ない」

できることならアダムをもう少し休ませておきたかったが、そうも言ってられない。これはもう、緊急事態と判断しよう。

クリスはアダムが休んでいる部屋の扉をノックする。

「アダムさん。お休みのところ申し訳ございません。よろしいですか？」

声をかけると中からガサゴソと物音が聞こえ、しばらくして寝起きと一目でわかるアダムが現れた。

「あー……飯の時間？」

「殿下とアズライさんが、まだお戻りになりません」

その一言で、眠たげだったアダムの顔つきが引き締まる。

扉の前で話すようなことではないと判断したのか、アダムはクリスを部屋の中に招き入れた。

「状況は？」

「先ほどお話ししたことがすべてです。この町に到着した後、殿下とアズライさんが巨大湖を見に行ったきり、戻ってきておりません。一人で行動するよりも、まずはお声がけしようと思いまして」

「賢明だな。どういう風に見てる？」

さすがは長年、闇の疾風を率いていただけのことはある——と、クリスは素直に感心した。慌てたり騒いだりせず、眠っていて状況がわからない中、自分であれこれ考えるよりも冷静に情報の共有を図ろうとしている。

この辺りの冷静さを、是非ともマルスにも見習ってもらいたいと思うクリスだが、そこはそれ。今はそれどころではない。

「単なるゴロツキに、殿下やアズライさんが害されるとは思えません。道中で襲ってきた襲撃者と接触したと思うのが妥当でしょう」

「……モルガナとの連絡は？」

「いまだに、まだ……」

「そうか……」

　頷き、アダムは口を閉ざして視線を彷徨《さまよ》わせた。おそらく、彼の頭の中ではさまざまな情報と状況と条件がパズルのピースのように組み合わさったり外れたりしているのだろう。

　クリスはアダムの思考を邪魔しないように静かにしていた。心の奥底では「考えている暇があるなら探しに行きましょう」と言いたいところだが、アダムもまた、クリスが認めた主である。

　必ずや最適な解を導き出してくれるだろう。

「……行くしかない、か」

「どちらへ？」

「決まってるだろ」

　アダムは武器を携帯し、クリスに告げた。

「魔導戦艦ユグドラシルだ」

「え……？　しかしあそこは、フィアーの隠匿魔法で結界が張ってありますから――」

「あんたでも入れないか？」

「それは……」

どうだろう。

クリスは少し考えてみる。

魔導戦艦ユグドラシルを隠匿している魔法は、フィアーが施したものだ。その仕組みや解除の方法も手記に残されており、その内容は移動中の馬車の中で確認している。

しかし、ここで問題が一つだけあった。

クリスには古代魔法が使えない——ということだ。

ならば、やはり無理なのかというと、実はそうでもない。

フィアーの魔法はかなり強力で千年間も機能しているほど優秀だ。けれど、それでも人の手で施された魔法なのは事実。

神の奇跡には及ばない。

「正攻法でない手段であれば……」

「なら行こう」

アダムの決断は早かった。

「しかし、かなり強引な手段を取ります。どんなことになるかは……最悪、魔導戦艦に繋がる道を消してしまうかも」

「それでもやるしかないな。もし何か問題が発生したら、それはすべてモルガナのせいにしよう。連絡を無視した相手が悪い」

「……わかりました」

どういう結果になるかわからない暗闇に、自ら率先して飛び込む姿勢は、さすがアカツキから英雄の器を受け継いだ者としか言いようがない。

クリスはアダムとともに、魔導戦艦ユグドラシルが眠る巨大湖へと向かった。


夜の闇に包まれた巨大湖は、まるで何もかもを呑み込む巨大な闇の広がりに見えた。あまりに巨大すぎるせいで海のように波打っていることもあり、空に月明かりがあっても湖面は暗いままだった。

「といっても暗すぎるよな、これ」

「フィアーの結界のせいでしょうね。魔導戦艦の内と外を完全に遮断してますから、その影響が少なからずあるのでしょう」

「それが千年も続いてるのか……とんでもないな」

アダムがおののくのも無理はない。事実、魔法というのはそういうものだ。

決して尊ばれ、敬うような力ではない。畏《おそ》れ、戦《おのの》き、眉《まゆ》を顰めるものであることを、クリスは知っている。

「ともかく……こうなっては仕方ありません。今から魔導戦艦にかけられている隠匿結界を強制的に解除します。どういう影響が出るのかわかりませんが――」

「お待ちください」

アダムを後ろに下げて、クリスが結界の破壊に取りかかろうとした、その矢先に。

彼女は、湖面の上に現れた。

月の柔らかな光を集めて濃縮したような黄金色の髪は肩で切りそろえ、磁器のように白い顔はクリスに似ている。どこか古めかしい法衣《ほうえ》で全身を覆うその姿は、ある種、幻想的でもあった。

「モ……モルガナ……！」

湖面に立つ女に、クリスが驚きの声を上げる。と同時に、その声音には怒気も含まれていた。

彼女こそが七元徳の一柱にして〝信仰〟の心を司《つかさど》るフェイスその人である。

クリスは、よもやモルガナが魔導戦艦から離れ、湖面にまで姿を現すとは夢にも思っていなかった。いったいどんな心境の変化なのか、そして何故今になって姿を現したのか、さっぱりわからない。

ただ、これで手間が省けたことも事実だ。

「ご無沙汰《ぶさた》ですね、フォーティテュード……いえ、クリス＝ベルーラでしたか。力任せに事を為《な》そうとする強引なところは、相変わらずでございますね」

「それはそっちが無視するからでしょう！　あなたにはいろいろ聞きたいことがあるわ！」

「ええ、まぁ……ですよね……ふふ、ふ……」

どういうわけか、クリスに怒鳴られてモルガナが乾いた笑い声を転がした。

そして、クリスからその背後にいるアダムに目を向ける。

「いろいろと思うところがありますでしょうけれど、まずはわたくしから名乗らせていただきます。わたくしはモルガナ＝ヴェール。七元徳の一柱にして〝信仰〟を司る者。これまでの度重なるご無礼、平《ひら》にご容赦を」

「……いろいろ言いたいことはあるんだが」

低姿勢で名乗るモルガナに、アダムはやや気勢を殺《そ》がれたように口を開いた。

「連れが二人、行方不明になっている。そしてここまで来る道中に、古代魔法を使う襲撃者に襲われた。何か知ってるか？」

「……なるほど」

モルガナは一つ頷き、そして何故か問いかけたアダムではなくクリスに目を向けた。

「クリス……申し訳ございませんが、今はまだ、この方を新たな主と認めることはできません。疑念と疑惑は、わたくしの存在意義に関《かか》わるもの。ご理解いただけますね」

「あなたは相変わらず頭が固い上にわかってないわね！　さっき私が言ったことを聞いてた⁉　連絡しても無視した上に、今では廃れた古代魔法の使い手に襲われたって言ったのよ！　あなたが関与してるんじゃないかと疑うのは当然でしょう！」

「それでは、わたくしがあなた方の敵である――と？　ヴァーチェであるわたくしが、主たる可能性を秘めた方に敵意を向ける？　わたくしを存じない新たな主様ならば致し方ないにしても、すでにあなたが仕えているのです。ならば、わたくしのことを話だけでも存じていたのでは？　それでもなお、わたくしに疑念を抱くのですか？」

「だから……あなたの言い分は極端なのよ！　いつもいつも、いつも！」

ヴァーチェという存在は、主と認めた存在に傅《かしず》き、従う。それはアダムも知っているし、今さら疑うものでもない。

だが、その行動のすべてに疑念を抱かず信じるというのは、アダムでなくともできるものではない。かつてのアカツキとてそうだった。

人というのは、一朝一夕で信頼関係を築けるものではない。築き上げるには十年の月日が必要だと、どこかの誰かが言っていた。

逆に、信頼関係を壊そうとするのなら一回の過ちで済んでしまう。

それがヴァーチェという超常の存在が相手でも、仮に絶対服従が約束されていたとしても、人間の信頼関係とはそういうものなのだ。

そのことをクリスはわかっている。

しかしモルガナは、信頼を築くのに十年の歳月を求めない。

信頼関係を壊す一回の過ちも、許さない。

疑念を抱くのも抱かれるのも、その感情はモルガナの存在を根底から否定することに等しいからだ。

「誰かに信用されたかったら、まずはあなたから行動で示しなさい！」

それでもクリスは、文句の一つでも言わずにいられなかった。

「まずは、私たちを襲った古代魔法を使う襲撃者についてよ！　あなた、何か知っているんでしょう!?」

「古代魔法？」

「惚《とぼ》けるな！　フィアーたち魔女が使ってたクリフォトの力のことよ！」

「ああ……あれは今、古代魔法と呼ばれているのですね。すみません、なにぶん世俗には疎いもので」

「そういうのはいいから！」

「ええと……それは――」

「それは、俺から説明しよう」

突如響く第三者の声。

クリスもアダムも気づかなかった第三者の突然の登場に、二人が虚を衝《つ》かれたのは言うまでもない。

それが大きな隙《すき》となった。

「ま、話は個別にな」

パチン、と指を鳴らす音。

そして――暗転。

突然の浮遊感にクリスは体勢を崩して尻餅《しりもち》をついてしまった。

それで気づいた。

手に触れる地面の感触が湖岸の砂ではなく、ふわっと柔らかい草の感触であることに。

「こ……ここは……」

「大丈夫ですか?」

聞こえてきたのはモルガナの声。

「あなた……今の、いったい――」

抗議の声を上げるクリスは、そのときになって周囲がどういう状況なのかに気づいた。

広さは四畳半ほどだろうか。

天井は岩で作られた円蓋《ドーム》に、足下を覆うのは青々と茂る緑の絨毯《じゅうたん》。絶えず柔らかな光

が差し込んでいるが、窓や出入り口がどこにもない。

そして目の前には、人が一人収まりそうな、金属的な材質で作られた——柩《ひつぎ》。

その柩のことを、クリスは知っている。知らないはずがなかった。

「……せ……聖櫃《せいひつ》……！」

「そうですわね」

背後から聞こえたモルガナの声に、クリスはハッと息を呑んで振り返った。

「かつての魔女たちの言葉を借りれば、魔導戦艦ユグドラシルの中枢でございます。わたくしが守っていたのはご存じでしょう？」

そう。

そこは魔導戦艦ユグドラシルの中枢。動力炉とも言うべき場所であり、何人たりとも足を踏み入れてはならない——アカツキでさえ、一度か二度くらいしか足を踏み入れたことのない聖域だった。

別の言い方をすれば、モルガナが千年にも亘って守り続けなければならないほど、この地は重要な意味を持っている。

「そ……そんな場所にどうして私を……」

気がつけば、ここにいるのはクリスとモルガナの二人だけ。突如現れた第三者はもちろん、アダムの姿さえない。

「ちょっ、ちょっと！　彼は？　アダムさんはどこ⁉　あの第三者はいったい誰よ！」

「それは……あまり胸を張れることではないのですが……わたくしが守り続けていたものはここだけではなかったことを、お忘れですか？」

「え？　それって……え、まさか……！」

クリスの顔から、さーっと血の気が引いた。

「目覚めたの？　あの人が、本当に目覚めたと言うつもり⁉　冗談でしょう！」

「残念ながら、冗談ではなく……」

驚倒するクリスに対して、モルガナは態度こそ申し訳なさそうに、けれど本心ではどうかわからない様子で表情を曇らせた。

「ですから、その……今はまだ、あの方の頼みは聞いておこうかなと思いまして」

「あなた、どこまで融通が利かないの⁉　仮に目覚めたとしても、あれは違うのよ！　姿形が似ているだけの別物でしょう！」

「それは承知しておりますけれど、先ほどの方を新たな主と認めるまでは――と」

「モルガナ！」

「申し訳ございません」

たとえどんなに怒鳴りつけても、モルガナには暖簾《のれん》に腕押しだった。心に響くどころか、ちゃんと聞いてくれているのかさえわからない。

「そういうわけでして、あなたにはここで休んでいてほしいのです。あの方のご意向どおりに」

「ちょ——ッ！」

「では、しばしおくつろぎくださいませ」

そう言い残して、モルガナの姿がこの聖墳墓から消えた。置いて行かれてしまった。

クリスなら力任せにこの場から抜け出すことも不可能ではないが、しかしここは七元徳にとっても重要な意味を持つ場所。迂闊《うかつ》な真似《まね》はもちろん、この世で唯一、破壊行動を取ることができない例外的な場所だった。

だからこそ、モルガナはここにクリスを監禁したのである。

「モ……モルガナァァァァッ！」

おそらくマルスでさえ見たことがないであろう怒気にまみれたクリスの絶叫が、狭い聖墳墓の中に木霊した。

第三話　地下墳墓の守人

1

まったく状況がわからない――というのが、アダムの率直な感想だった。

いちおう、記憶は繋《つな》がっている。

アルマンディーの町に到着し、マルスとアズライの二人が巨大湖を見に行ったまま帰ってこないとクリスから報告を受け、二人が消えた巨大湖に向かってみれば今まで音信不通だったというフェイス――モルガナが突然現れた。かと思えば、正体不明の第三者まで現れ、瞬《まばた》き一回ほどの時間経過で真《ま》っ暗闇《くらやみ》の中に放り込まれて……今に至る。

「…………」

そんなわけのわからない状況に叩《たた》き込《こ》まれたというのに、アダムの心はざわめき立つどころか、凪《なぎ》のように落ち着いていていた。

さすがにこういう状況は慣れっこだから——というわけでもない。

むしろ、一瞬にして光すら射《さ》さない状況に叩き落とされてしまうなど、アダムの人生で一度も体験したことのない異常事態だ。

けれど、そういう状況でも慌てず騒がず取り乱すことのない心構えを、幼少の頃から叩き込まれている。そんな心構えを叩き込んだのは、言うまでもなく先代の闇の疾風《ブラック・ウィンド》の団長であり、アダムの育ての親だ。

いずれ自分の後を継ぎ、闇の疾風をまとめる立場になる者が、ちょっとやそっとのことで慌てふためき取り乱すな。上に立つ者が慌てれば、下の者たちを不安にさせ、危険に晒《さら》すことになる。

団長ならば、いつ如何《いか》なる状況だろうと冷静であれ。

それが、先代から授かった数多くある教えの一つでもあった。

「……さて」

大きく息を吸って、吐いて、アダムはまず自分の身体《からだ》を調べた。

夜目が利くとはいえ、ここはわずかな光すら差し込んでいない場所。夜に瞬《またた》く星一つ分くらいの光でもあれば多少なりとも見えるが、まったく光がないのであれば見えるものも見えない。

仕方がないので両手の感触だけであちこち触ってみたが、妙な拘束はされていないようだ。おまけに、もともと帰ってこないマルスとアズライを探しに出ていたこともあって、装備も完璧《かんぺき》である。

こうなると何も見えないことが気になるが、触覚や聴覚、嗅覚《きゅうかく》にも問題はない。視覚だけが使えないと判断していいだろう。

残る問題は、ここがどういう場所なのか——ということなのだが、手を伸ばした範囲で触れるものは何もなかった。

地面に触れてみれば、ゴツゴツとした岩のようだと判明する。

小石が落ちていたので拾い、空に向かって軽く投げてみれば、何かにぶつかった音もせずに落ちてきた。

空に星がない——ということは、ここが閉鎖された空間なら天井がかなり高いことになる。逆に閉鎖された空間でないとすれば、一切の光が消失した異世界やら亜空間ということになりそうだ。

「……クリスはどこだ？」

思えば、一緒にいたはずのクリスが近くにいない。気配も感じない。

声を出してみるべきか。

いやしかし、ここは自分の意思で訪れた場所ではない。害意ある第三者の手によって無理矢理連れてこられた場所だ。おまけに何も見えないときている。

ここは敵の領域《テリトリー》と考えていいだろう。

下手な真似《まね》をして居場所を知らせるのは得策とは思えない。

そうなると下手に動かず、ジッとして助けが来るのを待つべきか——そんな判断をアダムが下そうとしたときだった。

カッ！　と目映《まばゆ》い閃光《せんこう》がアダムの視界を奪った。

そして背後から、ぞわりと凍《い》てつくような気配を感じ取り、咄嗟《とっさ》に真横へ身を翻して転がりながら愛用の短剣を二刀とも抜刀する。

風の魔法の加護を施した強化服《パワードスーツ》も躊躇《ためら》わずに起動。

「そこか」

一陣の風のごとく、アダムは〝敵〟へと肉薄する。

「マジか」

振り下ろした刃は、残念ながら敵に致命傷を与えるには至らない。ガギンッ！　と硬質な音を響かせて阻まれた。

しかし、確かに〝敵〟の姿を捉《とら》えることができた。

「おまえが、敵か」

アダムの前には、一人の男。歳《とし》の頃なら自分とそうは変わらないだろう。

黒髪に黒目、瞳《ひとみ》が今は驚きに見開かれているが、そうでなくても二重の大きな目をしている。

何故《なぜ》だろう、瓜二《うりふた》つなわけでもないのに、どことなくマルスに似ているような印象を受けた。

「ふむ……目潰《めつぶ》しのつもりで閃光を出したんだが、目が潰れなかったか。あらかじめ片目を閉じて慣らそうとしていたな？　やるじゃん」

不意打ちなどと敵対行為であることを隠そうともしていないのに、言葉には悪気や申し訳なさがまったくなかった。

自分の行動に非がないと思っている性質なのか、面倒なことこの上ない相手だ。

「道中で俺らを襲ったのも、おまえだな？」

「やっぱ、おまえにゃバレてたか。魔法矢をぶち込んだのはおまえだろ？」

「質問してるのはこっちなんだがな」

「いいじゃん、別に。ほれほれ、教えてくれよ」

「…………」

極めてやりにくい相手だな――と、この短いやりとりでアダムは思わされた。

何しろこの襲撃者、敵意がない。悪意もない。そのくせ、やらかすことは規格外ときている。

まともに正面からやり合っても、勝てる気がしない。

かといって撤退するにも……周囲をチラリと見た限りでは、諦《あきら》めるしかなさそうだ。

何しろこの場所は、岩壁に囲まれた広大な空間だったからだ。壁が見えないほど広いわけではないが、ちょっとした運動場よりも広い。

そんな中、古代魔法をも使いこなす相手に背を向けて逃げるのは、どう考えても自殺行為だ。背後から狙《ねら》い撃《う》たれ、やられる未来しか思い描けない。

場所だけでなく、戦術的にも戦略的にも追い込まれているような気がするアダムだった。

「おいおい、ビビるなよ。フォーティテュードの加護が弱くなっちまうぜ?」

そんなアダムの心理を見抜くかのように、襲撃者がからかうような口調であり得ないようなことを言ってきた。

「おまえ……まさか、ヴァーチェの一柱か?」

「俺が? 違うよ。ヴァーチェは全員、女性体だぜ。どこからどう見ても男の俺が、ヴァーチェなわけないだろ。ちなみに、〝原罪《ペイン》〟の方は全部が男性体だぞ。その辺りのことはクリスからまだ聞いてないのか?」

当然、アダムは聞いたことがない。

にもかかわらず、この襲撃者はアダムさえ知り得ないヴァーチェや〝原罪〟のことを、自分の目で見てきたかのように語っている。

「おまえ……何者だ？」

古代魔法を使いこなす時点でただ者ではないことは承知しているが、ヴァーチェや〝原罪〟のことまで把握しているとなると話は変わってくる。

「まさか……」

襲撃者の話を鵜《う》呑《の》みにするのはどうかと思うが、しかし〝原罪〟はすべて男性体であるらしい。

だとすれば――と、アダムが最悪の事態を想定するのも無理はなかった。

「安心しろ。〝原罪〟でもないから」

しかし男は、あっさりとアダムの考えを否定した。

「俺は……ま、今はキユービックと名乗っておくか」

「ヴァーチェでもない、〝原罪〟でもない、そのくせ古代魔法を使いこなす事情通で、名前はキユービック……か」

独りごち、それでアダムが導き出した結論は〝得体が知れない〟という、結局、最初の印象と何も変わらないことだった。

「そんな事情通が、俺になんの用だ？」

せめて敵でなければいいんだが――と、頭の片隅で祈る気分で問いかければ、キユービックはどこか挑発的に口端《こうたん》を吊《つ》り上《あ》げた。

「なぁに、ちょいとヴァーチェたちの新たな主《あるじ》って奴《やつ》の実力を試そうと思ってな」

つまるところ、襲うことには変わりがない——そういうことなのだろうと判断したアダムは、覚悟を決めた。

いや、やるべきこととやらなければならないことが明確になったので、余計なことをあれこれ考える必要がなくなり、心理的な重しがなくなったとも言える。

つまり、問答無用でキュービックの首を掻《か》き切っても問題ない——ということだ。

すでに強化服は起動させているアダムは、深くため息を吐くと同時に動いた。

万里を一瞬で駆け抜ける疾風のように、アダムはキュービックに肉薄する。

「うおぉぉっ⁉　びっくりした！」

キュービックは驚いたような声を上げた。相手の虚を衝《つ》くことができたのは間違いない。

だが、その刃が実際にキュービックの首を掻き切ることはなかった。

その手前、あと一歩というところで、アダムの振り抜いた短剣の刃は見えない壁に阻まれて食い止められてしまった。

「——ッ！」

だが、阻まれたのも一瞬のこと。

硝子《ガラス》を叩き割るような音とともに、キュービックを守る障壁が千々に砕け散った。

「おっと、そうか」

なのにキュービックは、自身の障壁が破られたことに慌てたりしなかった。

冷静にアダムの一撃を捌《さば》き、大きく距離を取るように離れた。

奇襲には驚いたくせに、古代魔法による障壁が破られたことには驚かない。

その差はおそらく、知識の差だ。

「さすがはフォーティテュードの盾だな。防御特化のくせに、叩きつけることで魔法の障壁程度なら簡単に砕いちまう。少し前、出来損ないの魔導生命《ホムンクルス》を討ったのもこの方法だろう？　でも、奇襲は失敗だな？」

奇襲にならなかったということは、言い換えればキュービックに身構えさせる時間を与えたということだ。

キュービックの背後に七色の光が現れる。孔雀《くじゃく》の飾り羽のように広がる七色の光は、七本の投擲槍《とうてきやり》のような形へと変わり、一本一本が赤や青といった虹《にじ》それぞれの色合いを増していく。

直感的に、あれは危険なものだとアダムは判断した。

奇襲において初手が失敗したら素直に撤退するべき、という兵法の話ではないが、アダムは一転してキュービックから距離を取った。

「いや、逃げられねぇからな？」

そして、七色の槍が光の軌跡を描きながら放たれた。

「ぐっ……！」

右へ、左へ、強化服の性能を最大限に活《い》かしてアダムは回避に専念するが、光の投擲槍は自動追尾機能でもついているのか、どんなに避けてもしつこいくらいに追いかけてきた。

いっそのこと壁や天井に誤爆させられないかとギリギリで回避してみるも、光の投擲槍は着弾しても爆発するどころか岩壁を抉《えぐ》り、削り、執念深くアダムを追尾し続ける。

このまま逃げ続けるのは愚策としか言いようがない。

「くそ――ッ！」

アダムは覚悟を決める。一か八かなんて柄ではないが、他《ほか》に方法が思いつかない。

すなわち、七色の投擲槍すべてを迎え撃つ！

「おおおおおおっ！」

片手に一本ずつ、二本の短剣を構え、アダムは足を止める。

最初に襲い来るのは緑の投擲槍。刃と触れ合った瞬間、ぶわりと膨らむ緑の投擲槍は、轟《ゴウ》ッ！　と鳴り響いて暴風と化す。

瞬間、アダムは理解した。

これはそういう仕組みの魔法弾だ。

緑は風、青は水、赤は炎、それ以外の色も、おそらく何かしらの属性を帯びている。

そしてその属性は、一つ一つが環境を一変させる自然災害と同等の威力。

アダムは、そんな七つの自然災害に、短剣二本で迎え撃とうとしていたことになる。

荒れ狂う暴風がアダムを中心に地面の固い岩盤を抉り取る。

耳をつんざくような轟音《ごうおん》を轟《とどろ》かせて稲妻が駆け巡る。

大地の怒りを彷彿《ほうふつ》させる紅蓮《ぐれん》の炎《ほのお》がそそり立つ。

水が、大地が、氷雪が、純粋な自然現象であるならば混じり合うはずもない〝災害〟がアダムを呑み込む。

「…………」

まるでこの世のあらゆる災害が限定的に出現したような状況を生み出したキュービックは、静かにその状況を見守り——直後、災害を突き破ってアダムが現れた。

二本の短剣を両手に携え、キュービックに斬《き》りかかる。

煌《きら》めく軌跡を描いて繰り出される刃。

アダムは虚を衝くことができたと思った。これで仕留められるなら幸いだが、そうでなくとも傷を負わせることくらいはできるだろう——と。

しかし、違った。

キュービックは迫るアダムに慌てることなく、臆《おく》することもなく、むしろ自分から前に進み出てアダムの斬撃《ざんげき》を受け流し、アダム自身をも地面に叩きつけた。

「ぐはっ！」

背中から受け身も取れずに叩きつけられて、アダムの口から息が洩《も》れる。古代魔法だけでなく、体術も達人並みに心得ているなんて反則に近い。

痛みと息苦しさで悶絶《もんぜつ》しそうになるが、敵を前にそんなことをしている暇はなかった。グッとこらえ、すぐに体勢を立て直すアダム。

だが、それでも身体に蓄積された傷は少なくない。敵を前にしているから体面は保っているものの、そうでなければ膝《ひざ》を突いて嘔吐《えず》きたい気分だ。

「……？」

何か妙だと、アダムは思った。

キュービックは、その思惑こそよくわからないが、実力だけで言えば驚異的な存在である。理不尽と言ってもいい。

そんな敵が、アダムの状態を見抜けないはずがない。すぐにでも追撃するだけの余裕があるはずなのに、何もしてこない。

「まぁ――」

そんなキュービックは、アダムに攻撃を仕掛けるのではなく、口を開いた。

「――フォーティテュードの盾が使えているなら、どんな魔法だろうと通じるわけがない。おまえがくぐり抜けてくるのはわかっていたよ」

どうやら、あの〝災害〟が破られることさえキュービックにはお見通しだったようだ。

結局、アダムは自分でキュービックの古代魔法を乗り越えたのではなかった。世界の七割を壊滅させた〝原罪〟の攻撃をも凌《しの》いだフォーティテュードの不可視の盾に守られただけだ。

もし、その盾がなかったら、今ここにこうして無事でいられなかっただろう。最初の一撃で千々に切り刻まれていたことは想像に難くない。

ただ、それでも自分が無事だったことを瞬時に悟り、即座に攻勢に転じたのはさすがとも言える。

「けど、盾の種類がなってねぇ。なんで防ぐだけなんだよ。もっとあるだろ？　跳ね返したり吸収したり……ああ、いや。まだそこまでは無理ってことか？　ふぅむ」

まるで分析するようなキュービックの言葉に、アダムは大いに戸惑った。

もしかしてこれは、何か試されているのだろうか？

だとすれば何故？　どうしてこの男に、そんな試されるような真似をされなければならないのか。

さっぱりわからない。

「そういえば俺、おまえの名前を聞いてねぇや。教えてくんない？」

まるで空気が読めていないように、下手をすればアダムを消し炭どころか欠片《かけら》も残さずに消し去るような真似をしておきながら、初めて会う同級生に名前を聞くような気軽さでキュービックが尋ねてきた。

今さらそんなことを聞くのかとアダムは思ったが、戦況を仕切り直すには応じた方が良さそうだ。

「……アダム＝ダイアンだ」

「ダイアン？　ディアモントじゃないのか？　あ、いや、建国から千年だもんな、そういうこともあり得るか……」

何やら一人で疑問を覚え、一人で納得するキュービックに、アダムは困惑の色を深めた。

「いったい何が目的なんだ、おまえは」

だからこそ、問わずにはいられない。

林道で襲撃し、巨大湖で人のことをこんな場所に強制的に移動させ、災害級の魔法を使って攻撃してきたかと思えば、その行動すべてに敵意や悪意が感じられない。

無茶苦茶で意味不明な存在は、えてして不気味なものだ。アダムも例に漏れず、キュービックに得体の知れない不気味さを感じていた。

「俺はただの……そうだな、伝導者かな。伝え導く者。……ふむ、自分で言ってなんだが、悪くないネーミングだ。今度から、伝導者キュービックと呼んでくれ！」

「……ふざけた奴だな」

それでいて、実力は人外のバケモノに等しいというのだから洒落《しゃれ》にならない。

果たして、こんな怪物をどうやって倒せばいいのか、あるいは逃げ出せるのか、明るい展望が欠片もないのは悪い冗談としか思えない。

唯一活路を見いだせそうなのは、キュービックが徹頭徹尾、殺気がないことだ。

正面から力業で退けることは絶望的だが、別の方法ならまだ可能性はある。

「……それで、その〝伝導者〟とやらが俺になんの用だ？　単に自分の腕試しや俺の実力が知りたかったってわけじゃないだろう？」

アダムが見いだした別の活路――交渉である。

キュービックの本意や意図がわからずとも、はっきりしているのは殺気がないということ。言い換えれば、命を奪うことが最終的な目的ではない、ということだ。

ならばその真意を探り、引き出して相手の要求を満たすことが、この状況を切り抜ける道になるかもしれない。

「……ふむ」

問いかけるアダムに、キュービックからの返事は一息吐《ひといきつ》くことだった。

「なら逆に聞くが、おまえは俺の目的がなんだと思う？」

よもや問い返されるとは——などとは思わない。

どうやらキュービックはふざけた態度こそ目立つが、まったくの考えなしでも、短絡的な思考で動く愚者というわけでもなさそうだ。アダムから切り出した問いかけの意図が交渉による撤退と見抜いている可能性も、十分に考えられる。

であれば、こちらが困るような返答だって選んでくるだろうと思っていた。

アダムは決して楽観的には考えない。最悪を想定して、そこからできうる限りの選択肢を探し出す。

問いかけへの問い返しなんて、十分に予想できたことだ。

「俺の腕試し——って感じだったが」

「……おまえは面白いな」

アダムの答えに、キュービックはニヤリと笑った。立派な成人男性なのだが、その笑みはいたずら小僧が悪巧みをするような笑い方に見えた。

「まぁ、いいだろう。そのとおりだ。千年の時を経て、今に現れた七元徳の主がどれほどのものか、ちょいと試してみたくてね」

どうやら、試されていると感じていたのは間違いではなかったようだ。

「それで……試した結果を教えてもらいたいね。俺は合格かな？」

「おいおい、いきなり結論を急ぐもんじゃねぇぞ。交渉を持ちかけるなら、相手が何を望み、何を狙い、何が目的なのか十分に見極めるべきだぜ?」

やはり見抜かれている――と、アダムは表情にこそ出さなかったが、キュービックの洞察力に内心で舌を巻いた。

「交渉ってのは、武力にしろ財力にしろ知力にしろ、トータルで対等な者同士でなけりゃ成り立たない。今この場では財力なんて関係ないし、武力でもおまえは劣ってる。相手を見抜く洞察力――知力も負けてるとなりゃ、他の相手なら話し合いにもなりゃしねえぞ」

まるで教師のようにアダムの間違いを指摘するキュービックだが、悔しいかな、言っていることは間違っていなかった。

圧倒的劣勢に陥っているアダムにとって、優位な相手に交渉を持ちかけるなら相手の求めることを正確に見抜けなければ、即、敗北になる。

だが、今はまだ終わっていない。

どういう理由なのか、キュービックはアダムの思惑を見抜きながらも、交渉を打ち切ろうとはしていなかった。

まだ、首の皮一枚かもしれないが繋がっている。

「……ゆっくり腰を落ち着けて話をしたいなら、仲間たちと先に合流をしたいところだな。その方が、そっちの都合もいいだろう?」

「ほう……その心は?」

「おまえの目的は俺と……俺たちと話がしたいんだろう？　今までの口振りや態度から、おまえの主目的は『話をすること』だ。だったら、俺一人と話し込むより、もう一人の七元徳の主を交えて話をする方が手間がないと、俺は提案するね」

「……ふむ、悪くないな。ひとまず合格だ」

　キューービックの言葉に、アダムは安堵《あんど》の息を吐いた。どうやら自分の考えは間違っていなかったようだ。

　どうやらキューービックには、こちらの意図はすべて見抜かれているようだ。ならば、こちらが何を考え、その上でどうしたいのかをつまびらかにしたところで問題はない。

　いや、むしろ自分の口から考えていることを表明し、提案することこそ、今この場においては誠意として受け取ってもらえる。

　そもそもキューービックには殺意や害意、悪意がなかった。それはアダムが直接刃を交えて感じ取った結論なので間違いない。

　それにキューービック自身が七元徳の主がどうのと口走り、アダムの腕を試していたことを認め、自身のことも〝伝導者〟などと嘯《うそぶ》いていた。

　伝導者――伝え導く者。

　冷静になって考えれば、なんのことはない、最初からキューービックの方が求めるものを提示していたわけだ。

アダムに七元徳の主として相応《ふさわ》しい技量を示させて、自分が知っていることを伝えるのを目的にしていた。

今ここでアダムが取らなければならない行動は〝キュービックの話し相手になる〟、ただそれだけである。

「先に仲間と合流を——と言うが、それは後にしろ。向こうはおまえよりヒドい。今のままじゃ原罪の相手なんて夢のまた夢だ」

「言っちゃなんだが、原罪はすべて封印されてるだろう？　ヴァーチェだなんだと知っているあんたなら、俺よりもその辺りのことは詳しいはずだ」

「そうだな。俺の方が詳しい。だからこそ言うんだ。今のままじゃ原罪とはとても戦えない……ってな」

「……復活するのか⁉」

含みを持たせたキュービックの真意を正確に読み取ったアダムは、それでも困惑と驚きを隠せなかった。

世界の七割を壊滅させた古の怪物〝原罪〟。それが復活するなどと言われても、普通なら——それこそ以前のアダムでさえ——何を言ってるんだと鼻で笑ったことだろう。

しかし、現に原罪と対峙《たいじ》し、王国の建国神話に辛《かろ》うじて固有名を残すだけのヴァーチェが現れ、その力を捧《ささ》げられるような立場となった今では、笑い飛ばすことなんてできるわけもなかった。

「俺としては、復活しないと考えている方が呑気《のんき》だなと思うけどな」

キュービックは、「ははは」と乾いた笑い声を転がした。

「奴らは復活するぞ。それが今日か、明日か、一週間後か、それとも一ヵ月、一年後……まぁ、十年後ってことはないな。少なくとも、そう遠くない未来に奴らは現れる。それが一斉になのか、それとも一体ずつなのかはわからんけどね」

「何故、断言できる？」

「理由はいろいろあるが……ま、そのうちの一つは、おまえがいることだな」

「俺？」

「〝始まりの子《アダムカドモン》〟の魂に近い輝きを持つ者は、この千年の間、一人として現れていなかったんだろ？　それがどうして今になって現れたのか、その理由を考えるべきじゃねぇか？」

「考えすぎ……と言い切れないのが、あんたの思惑に嵌《は》まってるようで嫌だな」

原罪はすべて封じられているのに、原罪を封じる存在がいるのはおかしい――キュービックはそう言いたいのだろうとアダムは判断した。

アダムとしては認めにくいところではあるが、キュービックの言うことには信憑《しんぴょう》性がある。実力も本物だ。古代魔法を操るだけでなく、頭の回転も速い。

そして何より、わざわざアダムの腕前を確かめるような行動に出たのは、来るべき〝原罪〟との戦いがあると確信しているから……と、思えなくもない。

「というかだな、その辺りの話はフォーティテュード──クリスから聞いてないのか？」

「特には、何も……」

何よりクリスは、率先して過去の大戦について語ろうとはしない。聞かれたら答えるという態度だ。

それはおそらく、クリスなりの気遣いなのかもしれない。

もし、キュービックが言うように原罪が復活するのだとしたら、そのときには否応《いやおう》もなく戦禍に巻き込まれることになるだろう。原罪に抗《あらが》う力があるのなら、アダムはともかくマルスのことだ、立ち向かうに違いない。

そのことは、アダムよりも付き合いの長いクリスも承知しているはずだ。

だからせめて、いざ脅威が迫る事態になるまでは平穏に過ごさせたいと思っているのかもしれない。

辛辣《しんらつ》な言葉遣いとは裏腹に、マルスには甘すぎる近衛《このえ》侍女なのだ。

「そもそも、俺自身はクリスに認められたってだけだからな。王国の歴史も、建国の神話も、そこまで詳しいわけじゃない。何より、俺を主と認めるか否かと思わせる最初の判断材料さえわかってない」

「なるほど、そこからか……」

アダムの正直な心情を聞いたキュービックは、隠そうともせずに落胆の表情を顔に滲《にじ》ませた。

「やれやれ……クリスの奴め、細かいことを気にしない直情型なのは相変わらずか。おまけに、子供に甘いとこもそのままとはなぁ……」

はぁ～……と、キュービックはため息を吐いた。

「しかしそうなると、おまえらが魔導戦艦ユグドラシルを目指していたのは何故だ？　いくらクリスでも、原罪が復活してない状況で、いたずらに魔導戦艦を起動させるとは思えないんだが？」

それは、果たしてどうだろう。

アダムが乗り気でなかったために流れたが、マルスが興味本位で魔導戦艦ユグドラシルを蘇《よみがえ》らせようとした際には、クリスは〝動かしたければご自由に〟という姿勢だった。

だが、ここではそのことを言わない方がいいかもしれない。キュービックの態度を見るに、ありのままを正直に話すのは、クリスの評価を下げることになりそうだ。

「魔導戦艦ユグドラシルってのは、そんなにヤバいものなのか？」

「魔導戦艦そのものは、おまえらにとって重要なものであり、頼りになるものさ。だが、動かすとなれば話は別だ。原罪に施されている封印が、ほんの少し早く解けることに繋がる……かもしれない」

「なんだって⁉」

さらりと告げられたキュービックの話に、アダムは驚きの声を上げた。

この話を、クリスは知っていたのだろうか？

知っていてもおかしくない――とアダムは結論づけた。

「いや、でも……復活させるまでは考えていなかったもんな。うん」

だからクリスは黙っていた……と、思いたい。

「今回、俺たちが魔導戦艦ユグドラシルの発掘に来たのは、ユグドラシルそのものを復活させるためじゃない。ちょいとそれなりの大金が必要でね、何かしらのお宝でもないかと思って来ただけなんだ」

「お宝？　そんなたいそうなもの、あったかな？　ああでも、あれから千年経《た》ってるのか。どんな些細《ささい》なものであれ、当時のものならそれなりに価値はあるか」

そう言って、キュービックはアダムの背後を指さした。

釣られて目を向ければ、そこには通路の入り口が開いていた。

「あそこから進めば、魔導戦艦ユグドラシルのところまで行くことができる」

そんなことを言い出したキュービックに、アダムは怪訝《けげん》な表情を浮かべた。

キュービックの目的はアダムの実力を測ることと話をすることだったはずだ。

それはもういい――ということなのか。

それとも、別の思惑があるのか……。

「そんな顔するなよ。俺としては、むしろそっちがいろいろ聞きたいんじゃないかと思っていたんだけどな」

「それはつまり、俺からあれこれ聞くのは認めないってことか？」

尋ねたアダムの言葉に、キュービックは楽しそうに白い歯を見せた。

「おまえのそういう聡《さと》いところは嫌いじゃないぜ。まぁ安心しろ。〝今はまだ〟と言っておく。どうせ話さなきゃならないことだろうし、そのときこそ、もう一人も一緒だと手間が省けるからな」

それがマルスのことなのは、もはや確認するまでもなくアダムは確信していた。

しかしそうなると、もう一人、気になる人物がいる。

「アズィーは……もう一人と一緒にいた魔女は？　あいつも無事なんだろうな？」

「それはまぁ、合流すればわかるだろ？」

「…………」

なんだか含みのある言い方だとアダムは思ったが、かといって詳しく聞き出そうとするにもキュービックが相手では骨が折れる。

悔しいが、ここで問答を繰り広げるよりもマルスたちと合流した方が早そうだ。

「もう一人と合流した後、あんたから何を教えてもらえるのか楽しみにしておく——と、今は言っておくよ」

そう言い残し、アダムは踵《きびす》を返《かえ》して魔導戦艦ユグドラシルへと繋がっている通路へ向かった。

「期待していてくれ」

そんなアダムの後ろ姿に、キュービックはどこまで本心なのかわからないセリフを投げかけた。

そして。

「……まぁ、向こうが無事にたどり着けるかどうかは、これからなんだけどな」

アダムの姿が通路の奥に消えた後にこぼした不穏極まるキュービックの呟《つぶや》きは、誰の耳にも届かずに風の中へ溶けて消えた。

2

これはいったいどんな冗談だ？　と、マルスは誰へともなく訴えかけたい気分だった。

アルマンディーの町に到着し、「巨大湖を見に行きたい」というアズライを一人で行かせるわけにもいかなくて同行したら、そこに現れた襲撃者が古代魔法の——それもかなり上位と思われる――転移魔法を使って、何処《どこ》とも知れぬ場所に強制連行された挙げ句、次々に襲いかかってくる異形の怪物を相手に連戦を強いられている。

「コンっの！」

これでいったい何度目だろうか。アズライの放った紫電の光が、全身の体毛が針金のように硬く鋭い大熊《おおくま》を貫き、黒焦げにした。

ドォッ！　と大きな音を立てて倒れた大熊は、ほどなくして淡い光を放ち、弾《はじ》けて消える。後には何も残らなかった。

「また召喚された獣ね……いったいどうなってんのよ、これ」

アズライが肩で息をしながら愚痴をこぼす。これほどあり得ない、悪夢のような出来事はないとでも言わんばかりだ。

実際、顔色も当初より格段に悪くなっていた。

「やはり、異常事態か」

マルスとて、この状況がまともとは思っていない。ただ、何が異常でどこから正常なのか、その線引きが難しい。

その点、魔女でもあるアズライなら一番の異常を理解しているだろう。そうでなければ、同じ状況に置かれている彼女の方が、マルスよりも顔色が悪くはならないだろう。

「一番あり得ないのは、さっきから絶妙な好機で襲ってくる召喚の獣ね。種類は狼《おおかみ》だの熊だの猪《いのしし》だのと豊富だったけど、どれも全部、全身が刃物で覆われていたでしょう？　あれは召喚した人の好みね」

「……なるほど」

アズライが言わんとしていることが、マルスにも理解できた。

「こっちがヘトヘトになるくらい強力な召喚の獣を、絶妙な好機で立て続けに投入してくる技量はあり得ない――ってことか」

「まさに悪夢よ……」

そういえば――と、マルスは思い出す。

召喚の魔法は、同じ古代魔法を使うアズライでも難しいものらしい。はっきりと「できない」とも言っていたような気がする。

自分ではできないようなことを立て続けに見せつけられては、まさに〝悪夢〟としか言いようがないだろう。

「大丈夫か？」

顔色を悪くしているアズライに、マルスはいろいろな意味を込めてそんな言葉を投げかけた。

「……無理。しんどい。横になりたい」

対してアズライは、見栄《みえ》を張ることもなく正直な心境を吐露した。

それが軽口でないことは、マルスにもわかっている。

顔色が悪いことは言うまでもなく、この何処とも知れぬ洞窟《どうくつ》内にほのかな明かりを灯《とも》しているのはアズライが生み出した魔法の光源だ。その光が、今は少し弱くなっている。

いくら魔法に対する素質がなく、古代魔法ともなればどう使うのかさえさっぱりわからないマルスでも、なんの魔導具も使わずに光を持続させ続けることは、かなり厳しいだろうなということは察しがつく。

かといって、アズライに「きついなら光を消してもいい」とも言いづらい。

ここがどこなのかわからないが、アズライが作り出す光源がなくなれば一寸先も見えない暗闇になるのは間違いない。次から次に召喚された獣が襲ってくるこの状況で、何も見えなくなるのは致命的だ。

もっとも、暗闇の中で光を照らし、自分たちの居場所を召喚された獣に教えていると考えられなくもないが、光がなくても相手は匂《にお》いで襲ってくる可能性もある。

見えていれば襲われても辛うじて対処できるが、光がなくなれば襲われても対処することが難しい。無理と言ってもいいだろう。

光を消して襲われた際に窮地に陥るのを覚悟するか、それとも召喚された獣が光を目印に襲ってきていると理解しつつも、襲われた際に対処できるようにしておくか——どちらを選ぶのか考えるまでもない二択だとマルスは思っている。

「早いところ、ここから脱出したいところだが……そうだ！　そういう探索に向いた魔法とやらはないのか？」

　無理するなとも無理でも戦えとも言いづらい話に、話題を変えようと思いつくまま口を開いていたマルスは、意外と悪くない考えに思い至った。

「探索に向いた魔法？　何をどうやってどうすればいいのよ」

　妙に険のあるアズライの返答に、マルスは驚くでも気分を害するでもなく、ただ単純にかなり厳しい状況なのだろうと判断した。

　何しろ、自分で考えたり軽口で言い返すような真似もしてこないのだから。

「素人考えで申し訳ないが、ここがどこであれ、地面があって空気もある。おまけにエメラダに仕立ててもらった弩弓《どきゅう》も普通に使えているだろう？　となると、ここの足下にも魔導地脈《マナ＝ライン》は流れてるってことだ。それを探って、この場所の全体像を知ることはできないか？」

　アズライは古代魔法を使いこなす魔女だが、魔導具を触媒にして使う現代魔法においても、最上級に位置する〝賢者《マギ》〟の肩書を持っている。

　言うなれば、他の誰よりも魔導地脈の流れに詳しい専門家《エキスパート》だ。

　そんなアズライなら、魔導地脈の流れからこの場所の全体像や、そうでなくても安全な場所というのが読み解けるのではないだろうか。

「うぅ〜ん……」

マルスの提案に、アズライは唸《うな》った。

何を馬鹿《ばか》なことを——と、笑わないということは不可能ではないらしい。かといって、専門家として素人のマルスに鋭いことを言われて不貞腐《ふてくさ》れたわけでもない。

「魔導地脈に繋がっている魔導具があれば、できなくはないけど……あたし、杖《つえ》を持ってきてないから」

「杖が必要なのか？」

「必要なのか……って、ああ、支配人《オーナー》は魔法に疎いんだっけ。ええとね、生身で魔導地脈を探るのは自殺行為なの」

「ほう？」

それは初耳だと、マルスは唸った。

詳しく聞けば、アズライ曰《いわ》く生身で魔導地脈に干渉するのは水筒に海の水を全部詰め込もうとするようなものらしい。

「魔法使いには不文律みたいに言われていることがあるのよ。曰く『魔導地脈と直接繋がってはならない』って。かなり古い教訓みたいでね、魔導具が発明される初期の頃から言われてたらしいわ」

魔導具が発明される初期の頃というと、それこそ千年も昔のことになる。

「その教訓を破ると、どうなるんだ？」

「弾けて死ぬ」

「…………」

アズライの端的な言い方に、マルスはなんらかの暗喩《あんゆ》的表現なのかと思った。

しかし、言葉どおりらしい。

冗談みたいな表現だが、過去に何度か教訓が廃れそうになった際に、先人の忠告に聞く耳を持たない無謀な魔法使いが直接魔導地脈に触れて、一人の例外もなく破裂して自身の血肉で壁一面を真っ赤に染めてきたらしい。

どうやら、魔法使いや魔導具開発にも、血《ち》腥《なまぐさ》くて苦難と苦闘に満《み》ち溢《あふ》れた歴史があるようだ。

「自分で古代魔法を使うようになってからなんだけど、いわゆる〝魔力〟っていうのは生命力に近いような気がするの」

「精神力ではなくて？」

「精神って、いわゆる心とか意識とか、そういうものでしょう？　それが魔力だとすれば、世界を巡る魔導地脈はこの星の心ってことになるじゃない。けど、いまだかつてこの星と意思疎通した人の話なんて聞いたことがない。代わりに、昔から言われているのは『この星が一つの生命と仮定できる』ってこと」

「なるほど。だから〝生命力〟というわけか」

マルスは納得したように頷《うなず》くも、アズライは「もしかすると、魔力っていうのは生命力や精神力とまったく別かもしれないけどね」と念押しした。確定していないあやふやな話だからこそ、そこのところははっきりしておきたいらしい。

「ともかく、人の体内にも魔力は循環しているし、この星にも魔力は循環している。その人と星の魔力は親和性が高いっぽいの。だから、星から直接魔力を取り込もうとすると一気に流入してきて耐えきれず、器である肉体が破裂するってことらしいのよ」

その現象を、魔法使いの間では〝魔力崩壊《マギバースト》〟と呼んでいる。

その点、魔導具は魔導地脈と人間の体内魔力の間に挟み込むことで緩衝剤のような役割を果たし、安全に魔法を使うことができたり、魔導地脈を通して他の魔導具に干渉することもできる――とのことだ。

「それで最初の話に戻るけど、魔導具がなければ現代魔法は使えないし、現在地や周辺を探るような探知・探索系の魔法も使えないってわけ」

「つまり、杖でなくとも魔導具を媒介にすればいいのか？」

「使い慣れた魔導具が望ましいけど、簡単に言えばそういうこと……ああ！」

どうやらアズライは、マルスが言わんとしていることを察したらしい。

「支配人の弩弓を使えばいいのね」

「そういうことだ。できるか？」

「……ちょっとやってみる」

マルスの意図を汲《く》んだアズライは、エメラダが製作した魔導具の弩弓を受け取り、杖を扱うように両手で握って構えてみた。

「うん……さすがエメラダ。埋め込まれている魔石の調整が神がかってるわね」

「そうなのか？」

「たとえるなら、汚染水を飲料水に変える濾過《ろか》装置みたいな？」

魔法使いでもなんでもないマルスにはよくわからない評価だが、アズライの様子を見るに、最高級の褒め言葉のようだ。

「それじゃ始めるわよ……と、その前に言っておくことがあるわ」

「なんだ？」

「これから魔導地脈に潜ってこの場所の広さや位置を探るけれど、その間、今あたしが生み出してる光源を維持しておくのは難しいと思うの。それに、どれだけ時間がかかるのかもわからない。すぐかもしれないし、五分や十分くらいかかるかもしれない」

「そんなにかかるのか」

マルスの感覚だと、すぐにわかるものだと思っていた。

でも、そうか。

ここは、もしかすると異世界の可能性がある。アズライにも未知の場所であるし、危険な真似をやらせようとしているのかもしれない。

「全体像を無理に摑《つか》む必要はないぞ？　出口も見つける必要はない。ただ、ここからどこへ向かえば安全か、それさえ把握できれば十分だ」

「あら？　心配してくれてるの？」

「重要な戦力だからな。こんなことで脱落させるわけにはいかないだろう」

「……あっそ」

真面目《まじめ》すぎるマルスの一言に、アズライは剣呑《けんのん》な眼差《まなざ》しを返すだけだった。

「もし何かあったら、肩を叩いて。そしたらすぐ戻ってくるから」

「そんなやり方でいいのか？　なんというか、こういうときに外部からの刺激があると悪いことが起きそうな気がするんだが……？」

「賢者で魔女のあたしがそう言ってるんだから、支配人は気にしなくていいの。それじゃ、行ってきます」

そう言って、アズライは地面に片膝《かたひざ》をついて、マルスの弩弓を両手で握ると射出口を地面へ向けた。

引き金を引いて撃ち出したのは、純白の魔力弾。属性は何もつけない、純魔力の弾丸のようだ。

その一撃が、消えない。弩弓と地面を繋ぐように白い光の道を作っている。

アズライは事前に光源を維持できないと言い、実際に今まで周囲を照らしていた光の球は消えているが、地面と弩弓を繋ぐ光の道がほどよい明るさでマルスたちを照らしてくれていた。

アズライが実際に何をしているのか、マルスにはまったくわからない。ただ、横でその光景を見ている分には、なんとも神秘的な奇跡の瞬間を見ている気分になる。

（おっと、いけない……）

思わず見とれてしまったマルスだが、今はいつ召喚された獣が襲ってくるかもわからない状況だ。前回までの襲撃から考えると、そろそろ次が現れるかもしれない。

「……しまった」

周囲を警戒して、マルスは気がついた。

武器がない。

主武器はアズライが周辺探索のために使っており、剣などの近接武器は持ってない。よもや今回こんなことになるとは夢にも思わず、持ってきてないのだ。

これでは、万が一の時に自分一人で対処するのが難しい。いざというときにはアズライを戻すしかない。アズライは「気にしなくていい」などと言っていたが、それでもやはり、術の行使中に魔導地脈から引き戻すのは、心情的にやりたくはない。

幸いにして、マルスの心配は杞憂《きゆう》で終わった。

「――ッ⁉」

短くない時間を有するかと思っていた探索は、アズライが息を呑《の》む声とともにすぐに終わった。一分とかかっていないだろう。

早く終わってよかったと、単純には思えなかった。

何しろ今のアズライは、探索を終えて、弩弓と魔導地脈を繋いでいた純魔力の輝きが消えてしまったというのに肩で息をしていた。

それに、探索を終える直前の息を呑む声。

何かしら衝撃を受けるような出来事があったと見て、間違いなさそうだ。

「どうした、アズィー。何があった？」

一寸先さえ見えない暗闇の中、側《そば》にいることだけは辛うじて気配で感じ取れるアズライに、マルスが気遣わしげに声をかける。

直後、驚くほど強い力で腕を摑まれた。

心なしか、カタカタと震えているような気がする。

「アズィー、落ち着け。僕はここにいるぞ。他には誰もいない。何もない。ゆっくり息を吸って、ゆっくりと吐き出せ。焦らなくていい」

マルスは、年の離れた一番下の妹が悪い夢を見たときと同じような宥《なだ》め方で、アズライを落ち着かせようとした。

見えなくてもわかる。

今のアズライは、混乱と恐怖で脅《おび》えている。

脅えている——という表現が正しいのかわからないが、ともかく理解できない状況に感情が追いついていないのだ。

「……ごめんなさい。ちょっと……うん、大丈夫。落ち着いた」

「ひとまず明かりを灯してくれないか？　何も見えない暗闇の中は、それだけで気が滅入《めい》るだろう？」

「あ……そうね、そうだった」

言われて気づいたとばかりに、アズライは光を生み出した。

思ったよりも、近くにアズライの顔があった。腕を掴んだとき、無意識ににじり寄っていたらしい。

「あ……っと」

思わぬ距離の近さに、アズライにしては珍しく頬《ほお》を朱に染めて飛《と》び退《の》こうとした——が、マルスは自分を掴んでいたアズライの手に自分の手を重ねてとどめた。

「まだ震えているぞ。落ち着くまで掴んでいていい。それよりも、ここでいつまでもジッとしているわけにもいかない。もし、この場所の探知が一部でもできているのなら、安全そうな場所はなかったか？　そこまで移動しよう」

「え、ええ……」

立ち上がり、アズライの誘導で移動を始める。

どうやら今まで進んできた道を少し戻り、選ばなかった分かれ道の先に広い空間があるらしい。探索そのものは上手《うま》くできていたようだ。

その間も、アズライは摑んだマルスの腕を離そうとはしなかった。離す機会を逃したのかもしれない。

「……それでアズィー、探索で何を見たんだ？」

マルスがそう切り出すと、腕を摑んでいたアズライが再びビクッと震えた。それだけで、アズライは思い出すだけで震えてしまうようなものを見たのだとマルスは察する。

だが、だからといって聞かないわけにもいかない。情報の共有は必要だ。

「魔導地脈の中に、宇宙があった……」

「……なんだって？」

「ああ……ええっと……」

あまりにも抽象的な表現にマルスが首をかしげれば、アズライも自分の発言が端的すぎたと気づいたらしく、さらに言葉を重ねた。

「たとえば、この星に流れる魔導地脈の総量を一とするでしょう？　でも、この洞窟の奥には、夜空に浮かぶ星をすべて集めて濃縮したような、あたしなんかじゃ到底推し量ることもできないほど高密度で膨大な魔力が眠っていたの」

「……んん？」

今のが先の言葉を補足する説明だったようだが、それでもマルスはますます首をかしげた。

いちおう、マルスにも星や宇宙――いわゆる天文学と呼ばれる知識はある。

自分たちが生きるこの大地も、昼間に大地を暖かな光で照らす太陽も、夜空に煌々《こうこう》と輝く月も、小さな粒のような煌めきさえ、すべて〝星〟だ。太陽は燃えているから少し違うかもしれないが、大きく分ければ〝星〟であることに違いない。

そういう知識は、アズライにもあるのだろう。

そんなアズライが、今いる足下の魔導地脈の総量を一と仮定し、他の星も同量の魔導地脈が流れていると前提して……夜空に浮かぶ星々をすべて集めて濃縮したような魔力の塊がここにある――と、言っている。

「それは……なんだ？　ここには僕たちが立っている大地の他に、宇宙もまるごと集まっているということか？　どんな異世界なんだ、ここは」

「違う」

「ん？」

「ここは異世界じゃないわ。あたしたちの世界。まったく見ず知らずの場所に飛ばされたんじゃなくて、あたしたちは巨大湖の底の、さらに底に広がってる迷路みたいな出口のない洞窟に飛ばされている」

「……ほう」

かなり淡泊な反応を示したマルスだが、その実、あまりにも規模の大きな話にどういう反応を示していいのかわからなかっただけだったりする。

唯一わかったのは、それがとてつもない異常事態だということだけだ。

「かなりマズイのか？」

「マズイなんてものじゃないわ。この世界の魔導地脈――いわゆる星が保有している魔力の何万倍、何億倍もの魔力が、一ヵ所で停滞しているんだもの。何かの拍子にその魔力が魔導地脈に流れ込むようなことになったら、許容量越えで星が吹き飛ぶわ」

つまりアズライは、人が魔導地脈を直接取り込んだときに起きる魔力崩壊と同じ現象が、惑星規模で起きる――と、考えているようだ。

確かにそれは、アズライが脅えるには十分な理由だ。

「……行ってみるか」

「えっ？」

マルスがこぼした呟きに、アズライが驚きの声を上げた。

「ちょっと待って、何言ってるの⁉」

　あり得なくて異常な事態だと十分に主張したはずなのに、マルスがそんなことを言い出すとは思っていなかったようだ。アズライとしては、気が触れたのか？　とでも言いたいのだろう。

「行ってどうするの？　支配人にはわからないかもだけど、近づいたところで何もできないわよ。それどころか、下手に刺激することで最悪の事態になることだってあるかもしれないわ！」

「魔女のアズィーがそう言うのなら、そうかもしれない。けど、放置という選択肢はないな。今は何もできなくとも、確認くらいはしておくべきだ」

「でも――ッ！」

　なおも反論の言葉を口にしようとしたアズライを、マルスは右手を挙げて制した。

「なんであれ、今の僕らはわけのわからん襲撃者によってこんな場所に飛ばされた迷い人だ。脱出する方法もわからん――となれば、指針が必要だろう？　アズィーが言う〝異常な魔力の塊〟があるのなら、その確認をまずはしてみるのも悪くない」

　それに――と、マルスはアズライから何かしらの意見が出る前に言葉を続けた。

「ここが巨大湖の底の、さらに地の底と言ったな？　であれば、その魔力の塊が僕らの目指した場所かもしれないぞ」

「……え？」

「すなわち、その魔力の塊とやらが魔導戦艦ユグドラシルかもしれない――ってことだ」

こんな状況になっても、マルスは当初の目的を忘れていなかった。いや、忘れる以前に襲撃者のことは二の次に考えている。

襲撃者の目的、正体、思惑が気にならないと言えば嘘《うそ》になるが、だからといってマルスたちの目的である〝魔導戦艦の発掘〟を二の次にする理由にはならない。

邪魔されるのは煩わしいが、その障害を排除することは最終目的ではなく過程なのだ。

そして今、その〝最終的な目的《魔導戦艦の発掘》〟を達成できそうな場所と、それらしい反応がある。

〝行かない〟という選択肢こそ、あり得ないことだ。

「僕らの目的は、原罪を相手に英雄王アカツキが拠点としていた魔導戦艦の発掘だ。千年前の大戦で使われた空中要塞《ようさい》だぞ？　それが僕らの常識で量れるものであるわけがないじゃないか」

「……わかったわよ」

マルスにそう言われて、アズライも覚悟を決めたらしい。それに、ちょうど向かっていた方向も魔力の塊の反応があった方向だ。

マルスはアズライの案内で、その巨大な魔力の塊を目指して歩を進めた。

「……おかしいな」

そして疑問を覚えた。

「どうしたの？」

「召喚された獣が襲ってこなくなった」

先ほどまで、襲ってきては返り討ちにして倒し、一息吐いて先に進もうとしたらまた襲ってきて――という戦闘を繰り返していたのだが、アズライが周辺地理を探知してからは、まったく現れなくなっていた。

妙だな、と思うのは当然のことだった。

「どう思う？」

「どう……って言われても」

アズライとて、襲われなくなった原因がわかるわけもない。

「襲ってこないなら、煩わしくなくていいんじゃない？」

かなり楽天的に、アズライはそう言った。普段だったらもう少し警戒しそうなものだが、今は疲労もたまっていて難しく考えるのが億劫《おっくう》になっているのかもしれない。

かくいうマルスも、気にはなるが確かめる術《すべ》もないので、警戒こそ続けるものの深く考えないことにした。

「……ねぇ、ちょっと見て」

アズライが足を止め、前方を指さした。

明かりが見える。

真っ暗だったこの洞窟の中で、アズライが魔法で生み出した光とは別の明かりを、二人は初めて見つけるに至った。

「ちなみに、あの明かりが見える方向が、膨大な魔力の塊があった方向でもあるんだけど……どうする?」

「どうもこうも……あの明かり、魔法かなんかか?」

アズライの調べでは、ここは巨大湖の底の底。地表から何百、何千メートルも潜ったところらしい。

当然、そんなところに太陽の光が届くわけもなく、なのに明かりがあるということは何かしらの魔法による光と考えられるのだが……場所が場所だけに、マルスにはどうも判断できなかった。

「魔法かどうかなんて、見てわかるわけないじゃない」

「それもそうか」

魔力は目で見えるものではなく、感覚で捉えるもの。発動された魔法ならそれ相応の属性に応じた発現の仕方をするが、そこから魔力そのものを〝見る〟ことはできない。

「感覚としては……魔法……っぽいけど、よくわからないわ」

「結局、行ってみないとわからない――ってところか」

仮に、アズライが見ただけで明かりの正体を看破して、それがよくないものだと判断したとしても、ここで戻る選択肢はない。

二人は多少歩く速度を落として、明かりに近づいた。

「ほう……？」

「壁が光ってる……の、かしら？」

明かりが灯っていた場所は、足下は芝のような草花で覆われ、壁や天井から柔らかい光が照らす広場のような空間だった。巨大湖の底のさらに底、という話を事前に知っていなければ、外に出られたのかと勘違いするような場所だった。

「……こういうとき、どういう反応を示せばいいのかしら？」

「呆然《ぼうぜん》と……かな」

事実、二人は周囲の光景に圧倒されていた。

光も射さない地の底で、どうしてこんな穏やかで明るく、広々とした場所があるなどと思えるだろう。なんだか死後に訪れる楽園みたいな場所だった。

「魔女として、この光景になんらかの説明はできるか？」

「……なんで魔女だと説明できるって思うわけ？」

「いやほら、魔導地脈の影響とかそういう感じで」

「聞いたことないわよ、そんなの。でも、そういうこともある、の……かしら？」

どうやらアズライにも判断がつきかねる状況であるらしい。

となれば、一も二もなく調べることから始めるのが正解だろう。

「少なくとも、ここがさっきの通路……と言っていいのかわからんが、さっきまでの場所とは明らかに〝違う〟とわかる場所だ。何かあるかもしれないし、上手くいけば──」

「そこで立ち止まってくださいませ」

より詳しくこの空間を調べようと、マルスが歩を進めようとしたときだった。穏やかで、なのに有無を言わさぬ強い意志を込めた声が、二人に向けて放たれた。

草原に人が立っている。

女だ。

女性が一人、泰然自若とした佇《たたず》まいで立っていた。

その髪は月の柔らかな光を集めて濃縮したような黄金色。磁器のように白い肌に、どこその神官のような法衣《ほうえ》で身を包んでいる。

「我が名はモルガナ゠ヴェール。この聖墳墓を守護する七元徳《ヴァーチェ゠セブン》が一柱、フェイスの名を冠するヴァーチェでございます。これ以上、先へ進もうとするのであれば、このわたくしに認められてからにしていただきたく存じます」

「…………」

「…………」

高らかに名乗りを上げるモルガナに、マルスは訝《いぶか》しげな表情を浮かべ、アズライは驚きと興奮を交えて紅潮した顔色になっていた。

「おっ、支配人《オーナー》！　ちょっと聞いた⁉　今この人、自分のことをヴァーチェって言ったわよ！　ああ、凄《すご》い！　ヴァーチェって人間だったの⁉　あ、もしかして称号？　それならもしかして――」

「わ、わかった！　わかったから落ち着け」

いきなり襟首に摑みかかられてガクガク揺らされたマルスは、興奮しきりのアズライを面倒臭そうに引き離した。

「いろいろ聞きたいんだが、質問に答えてくれるか？」

「質問……ですか。答えるのは構いませんが、それが正しいと証明することまではいたしませんよ」

「それを言うなら、あなたがヴァーチェということも証明できないだろう？」

「それは、そのとおりですね」

「だから質問に答えてくれるだけでいい。判断はこちらで勝手にさせてもらうさ」

すべてはモルガナの自己申告。自身をヴァーチェと名乗ったことも、クリスが側にいない以上、本当かどうかもわからない。

極端な話、敵か味方かもわからないのだ。

故にマルスは、モルガナのことを〝おまえ〟や〝貴様〟などではなく、〝あなた〟と呼ぶことにした。ひとまずは、最低限の礼儀を示しておこうと考えてのことだ。

「まず、ここには千年前に英雄王アカツキが〝原罪〟を封じた際に使用した拠点、魔導戦艦ユグドラシルが眠っていると聞いた。それは間違いないか？」

「然り。……こちらからも問わせていただいても？」

モルガナは短く答え、しばし思案する素振りを見せたかと思えば、逆に問いかけてきた。

問われて困ることはない。マルスは頷いた。

「わたくしは今の世情に詳しくはありませんが、あなた方が魔導戦艦ユグドラシルと呼ぶ聖域を、今現在、蘇らせる必要性を感じません。どのような目的で稼働させようというのでしょう？」

「別に魔導戦艦そのものを蘇らせるつもりはない。ただ、ここには宝が眠ってると知ってね。それを少しばかり頂こうかと思っただけだ」

「宝？　ここにはそのようなものはありませんよ。ああ、でも……あれから千年もの時間が過ぎているのでしたか。であれば、わたくしには価値を見いだせないものでも、それなりの宝になるものがあるかもしれませんね」

「その宝はどこに？」

「それは聖……いえ、今のあなた方では、足を踏み入れることさえ認められぬ場所に、幾ばくかあるやもしれません」

思ったよりも応答が長く続いていたが、どうやらモルガナが答えたくない、あるいは答えられない一線に触れたらしい。

どうやら、〝宝の在り処《あ か》〟は知られたくないことのようだ。

「それなら、他のことを聞かせてもらいたい」

ここで意図的に宝の在り処に踏み込んで、モルガナの出方を窺《うかが》うという方法もあったのだが、マルスはそれをしなかった。

今はまだ友好的——いや、中立的な態度を見せている。これがいつ、敵対的に変わるかどうかもわからない。

であれば、聞けるうちに聞き出せるだけ情報をもらおうと考えたからだ。

「ここは巨大湖……ええと、なんて言ったっけ？　カルヴァリー湖、だったかな？　その湖の底の、さらに底にある洞窟に、僕たちは不本意な形で飛ばされてきた。そのことについては知っていたか？」

「えー……まぁ、そういうこともあるでしょうね」

先ほどまでとは打って変わって、何やら奥歯にものが挟まったような返答だった。マルスでなくとも『これは何かあるな』と考えるには十分な反応である。

「それなら、僕たちを飛ばした襲撃者について何か知ってるか？　いや、知っていて当然だよな。……あれは誰だ？」

そもそも、巨大湖の底のさらに底に、こんな迷宮みたいな洞窟があるとは誰も知らなかったことである。そんな場所に飛ばすなら、元からこの場所を知っていなければならない。

そして、そんな地下深くの迷宮は魔導戦艦ユグドラシル――モルガナがいる場所にまで通じていた。

魔導戦艦を守護している以上、地下迷宮を知っていた襲撃者とモルガナとの間に、なんらかの繋がりがあるのは明白である。

「彼の方について、わたくしは多くを語る言葉を持ちません」

モルガナの言葉に、マルスはわずかばかり眉《まゆ》を寄せた。

彼の方――という呼び方が気になったからだ。

どうやらここまでの話から、モルガナが七元徳の一柱であるフェイスであることは、九割方間違いなさそうだ。

そんなヴァーチェの一柱が、マルスたちを襲った襲撃者を〝彼の方〟と呼んだ……。

マルスには、それだけでいろいろな背後関係が見えてきた。

「代わりに、わたくしからも確かめさせていただきたいことがございます」

そう言って、モルガナはマルス——ではなく、その斜め後ろでそわそわしていたアズライを指さした。

「そちらにおりますのは魔女でございますね？」

「あっ、あたし⁉」

モルガナ——すなわち研究の題材にしていたヴァーチェから直接呼びかけられて、アズライはかなり戸惑った声を上げた。

「千年の時を経て、時代は再び動きだそうとしているのでしょう。いずれ聖櫃《せいひつ》——魔導戦艦ユグドラシルを再び目覚めさせなければならない日が来ることも理解できます。しかしそのときに、そちらの魔女は適切に操ることができるのでしょうか」

「え？　えっ？」

突然の話に、アズライは目を白黒させた。かくいうマルスも、モルガナが言ってることがなんなのか、よくわかっていない。

「ちょっと待て。何を言ってるんだ？」

「何を？　決まっております。魔女の実力を測らねば、魔導戦艦ユグドラシルをお任せすることはできません」

モルガナは足下の砂利を無造作に拾い上げた。

「まずは、全力で防御結界を張り巡らせてくださいませ」

「え？」

拾い上げた石つぶての一つを、モルガナはアズライに向かって指で弾いた。

「防御しろ！」

咄嗟にマルスが叫ぶ。その声に押されるように、アズライは訳もわからぬまま防御の魔法を張り巡らせた。

もちろん古代魔法の手法による防御結界だ。魔導具の持ち合わせがない今、アズライが扱う魔法はすべて古代魔法である。

その古代魔法の防御結界が、直後に貫かれた。

モルガナが指で弾いた石つぶてが、いとも容易《たやす》く防御結界を貫通したのだった。

「な……っ⁉」

その結果に、誰よりも驚いたのは他ならぬアズライだ。

幸いにも防御結界を貫いた石つぶてはアズライに直撃せず、頬をかすめた程度で済んだが、薄く皮膚を切り裂かれて血が流れた。

それを幸いと喜ぶか、あり得ないと戦《おのの》くか、それとも顔を傷つけられたことで憤るか
――アズライが選んだのは〝憤る〟ことだった。

「いきなり……何すんのよ！」

怒声とともに真横へ腕を振り抜けば、光の軌跡がそこに残る。

その光のヴェールが細かく分かれ、光の粒となった。

その光の粒が、先ほどの石つぶてのお返しとばかりにモルガナへ襲いかかる。

だが、それら光弾の雨はことごとく散らされた。連続で弾いた石つぶてが、迫る光弾を撃ち抜いて強制的に霧散させてしまったのだ。

「嘘……でしょ……⁉」

今度こそ、アズライはあり得ない現実に戦いた。

いったい何をどうすれば、古代魔法を地面に転がっていた石つぶてで貫き、霧散させることができるというのか。彼女の常識が、ガラガラと音を立てて崩れるような気がした。

「……何故、そのような中途半端な魔法を？」

モルガナが訝しむような声をアズライに投げかけた。

対してアズライは、唖然《あぜん》として言葉が出ない。

「……なるほど。彼の方が危ぶまれるわけです」

ふう——と、ため息を一つ。

「今のあなたはよちよち歩きの赤ん坊。いいでしょう。せめて歩き方くらいは教えて差し上げます。わたくしを少しでも慌てさせれば合格ですよ。さあ、どうぞ」

くいっと手で招いて挑発するモルガナを前に、アズライはギリッと歯を鳴らした。

「その言葉、後悔させてあげるわ！」

ぶわっと逆立つアズライの髪。体の外へ溢れ出るほど、彼女の体内魔力が攻撃性の魔法に転換されていく。

「喰らえっ！」

ダンッ！　と足を踏みならせば、モルガナを取り囲むように地面が隆起する。せり上がり、鋭利な岩の刃がモルガナへと襲いかかる。

「うーん……」

しかしモルガナは慌てない。脅えもしなければ逃げもしない。

迫る岩の剣は、モルガナの四肢に触れるや否や、先端から真っ二つに砕けて砂となり、崩れ去った。

「くぅ……っ！」

岩の剣が容易く砕かれたのは業腹だが、今のアズライはそこで終わらない。その隙《すき》に、次の攻撃手段を生成していた。

選んだのは炎。形は貫く槍。威力は回転を加えることでさらに上昇させる。

数はいらない。一発の威力を極限まで高めていく。

目が眩《くら》むほどに輝きを増した炎の槍が、渦を巻いてモルガナへと襲いかかった。

「練度が足りませんね」

呟き、石つぶてを指先で撃ち出せば、バシュッ！　と音を立てて弾け飛んだ。

アズライが渾身《こんしん》の魔力を込めて生成した炎の槍が、単なる石つぶての一発で貫かれ、形を崩されて霧散してしまった。

これには頭に血が上っていたアズライも、冷水を浴びせられたように震えるしかない。

「これがヴァーチェの力……？　悪い夢でも見てる気分だわ」

「休んでる暇はありませんよ」

三度《みたび》放たれるモルガナからの石つぶて。

しかも今度は一発ではない。立て続けに五発、アズライに目がけて放たれた。

「――ッ！」

見た目は、今度もただの石つぶて。だが、今までのことがある。

まともに喰らうのは自殺行為だ。

アズライは残る体内魔力をすべて注《つ》ぎ込《こ》み、障壁を張り巡らせた。

二重、三重、いや十層にも及ぶ純魔力の防壁。

これだけあれば防げるだろうと判断した予測は、しかし容易く裏切られた。

障害にもならないとばかりに軽々と、五発の石つぶてはアズライの魔力障壁を貫いた。

「きゃぁあぁあっ！」

肩を、脇腹《わきばら》を、足を、五発の石つぶてに掠《かす》められてアズライは地面に転がされた。

「…………」

その様子を冷めた目で見ていたモルガナは、さらにもう一発とばかりに石つぶてを撃ち出そうとした――が、その手が止まる。

マルスが間に割って入ったからだ。

「これ以上は看過できないぞ」

今まで黙って見ていたマルスだが、それは相手がモルガナ――七元徳の一柱フェイスだったからだ。

端から味方と思い込んではいなかったが、同じヴァーチェであるクリスを知っているので、少なくとも人間に対して敵対しないだろうと思っていた。

しかし、アズライに対する行動を見た今、その考えを少し改めた。

「いったいどういうつもりだ？　何故アズライを執拗《しつよう》に襲う？」

「ご安心ください。何も滅ぼしてしまおうというわけではございません。先ほども言いましたけれど、よちよち歩きの赤ん坊に、少しだけ歩き方を教えて差し上げようと思っているだけでございます。それとも――」

マルスに向けられるモルガナの眼差しが、スッと細められる。

「――わたくしが、やはり信じられませんか？」

「それは――」

マルスの返答は、しかし直後に響いた第三者の声で遮られた。

「なんだ、こっちはまだ指導中か？」

その声は、マルスの背後から聞こえてきた。

反射的に振り返ったマルスは、同時に弩弓を鞘《さや》から取り出して撃った。

「うおっ、危ねぇっ！」

弩弓から放たれた光弾に、過剰な反応を示す襲撃者。

しかしその口振りとは対照的に、弩弓の一撃は直撃することもなく直前で消滅した。

「いきなり辛辣な対応だな。怪我《けが》したらどうすんだ」

「それは悪いことをした。だが、僕の後ろにはアズィーがいるのでね。不埒《ふらち》な真似をする輩《やから》が出たとあっては先手を打たざるを得ないんだよ」

「ほう……さすが王侯貴族。臣民の安否には敏感だな」

「民は国の宝だからな。何より、僕らをこんな場所に説明もなしに送り込んだ元凶が現れたんだ。手荒い挨拶《あいさつ》になるのも仕方がないと思ってもらいたい」

そう言って警戒するマルスだが、実のところ、襲撃者本人を前にしても思うほど警戒してない自分に気づいた。

厄介で思惑が見えず、何をしてくるかわからない相手——ということを頭ではわかっているのだが、嫌悪感をどうしても抱けない。

その理由は、おそらく——。

「……おまえは王家の血筋の者か？　しかも、七元徳の一柱であるフェイスを従えることができる逸材みたいだが？」

――そう、襲撃者はマルスに似ていた。

どれほど似ているのかと言えば、双子というほど瓜二つではないが、兄弟――いや、年の近い親戚《しんせき》くらいには似ているような気がする。

けれど、どうしてそこまで似ているのか――親近感を覚えるほど身近に感じられるのかわからず、戸惑いが隠せない。

そんなマルスの戸惑いに襲撃者は気づいたのか、にやりと不敵に笑った。

「俺の名はキューービック。そう呼んでくれ」

「ひとまず覚えておこう。僕はマルス＝ディアモントだ」

「知っているさ。約千年ぶりに現れた〝始まりの子〟と同じ魂の輝きを持つ……片割れだろう？」

「片割れ、だと？」

「王としての資質、英雄としての資質。その両方を兼ね備えてこその後継者だ。おまえの方は王としての器だな。だから、まぁ、おまえは問題なさそうだ。問題は――」

キューービックの視線は、モルガナの攻撃で倒れたアズライへ向けられた。

「あ……あたし……？」

キュービックから向けられた眼差しに、アズライはどこかしら脅えた色を滲ませた。

「ふうん……なるほど。ほどよく体内魔力が抜けてるな。召喚獣をけしかけ続けた甲斐《かい》もあったかな？　いい具合に疲弊している。じゃあ、ここからが本番だ。モルガナ」

「なんでしょう」

キュービックに呼ばれたモルガナは、渋々といった体で返事をした。

「こっちの仕上げは俺がやる。おまえはマルスと親睦《しんぼく》でも深めてな」

「……面倒なことをわたくしに押しつけたわけですか」

「そう言うな。おまえの方だって、新しい主と親睦を深めるのは悪いことじゃないだろ」

「まだ認めておりませんが」

言葉の端々に不満を滲ませるモルガナだが、キュービックの指示に逆らうつもりはないらしい。手の中に残っていた石つぶてをバラバラとその場に捨てて一歩下がった。

「待て。何をするつもりだ」

そんなマルスの問いかけに、キュービックはおどけて答えた。

「正しい古代魔法の使い方講座」

その答えがあった直後、マルスは吹き飛ばされた。それはすなわち、アズライから引き離されたことを意味する。

「ぐっ！」

地面を転がされたが、芝生のような草で覆われていたので被害も少ない。

なんとか体勢を立て直したマルスだが、これがキュービックの仕業であることは容易に想像できた。

「いったい何のつもりだ！」

「お待ちを」

咄嗟にキュービックへ向けて弩弓を構えるマルスだが、モルガナに立《た》ち塞《ふさ》がられて射線を封じられてしまった。

「魔女の安否に心配はいりません。彼の方が抜かりなく仕上げてくださいますでしょう」

「そんなこと――ッ！」

「信用なりませんか？」

真《ま》っ直《す》ぐ見つめて問いかけるモルガナに、マルスは反論の言葉を呑み込んだ。

普通であれば、散々襲ってきて『信用しろ』などと言われても鼻で笑うしかない。

しかし、モルガナはヴァーチェだ。その正体は〝信仰心〟を司《つかさど》る七元徳の一柱フェイスである。なんの変哲もない石つぶてで発動した魔法を貫き、散らす様を見せつけられては、彼女の正体を疑うことさえ馬鹿らしい。

そんなフェイスのことを教えてくれたクリスの言葉が、マルスの行動に抑制をかけていた。

モルガナの力の根源は〝信仰〟――すなわち、信じる心だ。

迷わず悩まず疑いもせず、純粋に純然と信じ抜く強さ。

信念や信頼などの信じる心。

そういう信心の権化とも言うべき存在ならば、口にした言葉に嘘や偽りなどあろうはずもない。

「……おまえが、人類の敵ではないことくらいはわかっているさ」

マルスは、ため息とともに構えていた弩弓を下げた。

「信じろと言うのなら信じてやる。だが、信じることと心配することは別だろう」

「……その考え方には賛同いたします」

モルガナはマルスの言葉に理解を示し、口元に笑みを浮かべた。

「もう一人よりも、あなたは見所がありますね」


「一つ、面白い話をしてやろう」

と、古代魔法を使いこなす襲撃者、キュービックはアズライに向けて口を開いた。

「人間一人が体の中に蓄えている魔力量は、男女の差、年齢の差、身体の大きさに関係なく決まっているんだと。それは、鍛えようと思って鍛えられるものではないらしい。それは過去の魔女たちも同じだし、俺も変わらない」

「え……？」

キュービックの言葉に、アズライは驚きとともに戸惑った。

それならば、キュービックが容易く扱う召喚の魔法は説明がつかない。召喚魔法や転移魔法など、アズライには到底できそうにないからだ。

さらに、アズライを驚かせたのは次に口にした言葉だった。

「それどころか、過去の魔女たちの体内魔力の保有量は、魔法を使わない一般人と比べて一割以下だったんだとさ」

「嘘よ、そんなこと！」

それこそあり得ないと、アズライは断じた。

人が持つ体内魔力量が老若男女を問わず同量という話が本当だとしても、それより少ない一割程度の魔力では、攻撃魔法どころか空を飛ぶ魔法さえ使えるわけがない。

そのことを、アズライは実体験として知っていた。

少し前に、クリスから古代魔法の使い方を教えてもらった後、アズライは独自にいろいろと試していた。その過程で召喚魔法も試してみたのだが、結果は失敗している。

その他《ほか》、連続でどれだけ魔法が使えるのかも試してみたが、体感として体内魔力が三割を切ると威力が落ちていくことがわかった。二割だと辛うじて発現するくらいだ。

一割ともなれば魔法が使えなくなるし、下手をすれば気怠《けだる》さを感じて動けなくなることもある。

ちょうど、今のアズライのように。

その事実を指摘すれば、「よくわかってるじゃないか」と、キュービックは頷いた。

「一割以下の体内魔力で発現できる魔法なんて、そもそも発動しない。だが、発動に至る〝道筋〟を示すことくらいならできるだろう？」

「そんなことをしても、なんの意味も――」

「意味？　意味ならあるさ」

キュービックはアズライの先入観を否定するように、言葉をかぶせてきた。

「道筋を示せば、あとは魔力を他所から持ってきさえすれば発動するんだからな」

「他所……から――え？　いえ、でも……」

確かに、理屈としてはそうかもしれない。体内魔力が少なくとも、外部に潤沢な魔力が備わっていれば、どんな魔法も発動するだろう。

それこそ、召喚魔法や転移魔法であったとしても、だ。

だが、それはあくまでも机上の空論だ。問題がある。

魔力崩壊《マギバースト》だ。

体に収めきれない魔力が一気に流入してしまえば、肉体が受け止めきれずに弾け飛ぶ。それがあるから、外部に魔力を蓄えておくなんてことは夢物語でしかない。

「……俺が知る限り――」

可能性と実現性の差にアズライが言葉を詰まらせていると、キュービックが思いついたかのように昔語りを始めた。

「――希代の魔女と呼ぶべき人が二人いる。一人はアカツキをこの地に召喚した魔女、マース＝グライバー。そしてもう一人が、大戦当時、魔導戦艦ユグドラシルを指揮していた艦長、セレスタ＝スーフェンだ」

そのどちらも、アズライには聞き覚えのない名前だった。

それもそのはずで、マース＝グライバーは卓越した召喚魔法の使い手だったが、英雄王アカツキを召喚した後、アカツキ召喚で無理が祟《たた》ったのか、原罪との戦いで命を落としてしまった。

だが、もう一人の魔女、セレスタ＝スーフェンは違う。

原罪との大戦を最後まで生き抜き、約三千名の魔女たちを指揮してアカツキを援護し続けていた。

「セレスタを希代の魔女たらしめていたのは、その微に入り細を穿《うが》つ魔力操作だ。じゃあ、どうして艦長がそこまで精緻《せいち》な魔力操作ができたのかというと、あらゆる魔力の流れが見えていたからだな」

それはアズライが――いや、今の世で魔法使いが魔導具を用いて魔導地脈を探知するのと近いものがある。

ただし、近いだけで同じではない。決定的に違うのは、今生の魔法使いが魔導具を介して自身の体内魔力を魔導地脈に潜らせる方式ではなく、何をせずとも、普通の人がものを見るように、セレスタは魔力の流れを直接見ることができたことだ。

だからこそ、セレスタは通常ならば感知することさえ困難な魔力の揺らぎから、惑星規模――いや、それ以上の魔力を感知することができていた。

感知できるのなら、魔女はそれを操ることもできる。魔力を操るのは、魔女の――魔法使いすべての基礎的な能力だからだ。

そしてセレスタは、魔力を探知する手間を省き、純粋に魔力を操ることだけができた。魔力崩壊を起こすことなく、森羅万象あらゆるところに存在する魔力を操って、常軌を逸するほど強力な魔法さえ、意のままに繰り出すことができた。

だが、そうなると別の弊害も出てくる。

「セレスタは、魔力以外のものは見えていなかったそうだ」

セレスタの目は〝魔力の流れ〟が先天的に見えていたが、魔力を内包する〝物体〟が見えていなかった。

言うなれば、セレスタ＝スーフェンは誰よりも見えすぎていたということだ。

「そこで艦長は、魔力を遮断する魔導具を作ったそうだ。それでようやく、人並みにものを見ることができるようになったわけだな。ちなみに、その魔導具がどういう形をしていたのかというと、今の世の中にある〝眼鏡〟と同じ形をしていたわけだ」

さて――と、キュービックは昔語りに区切りをつけた。

「アズライ＝オブシディアン――といったかな？　この期に及んで、いったいいつまで艦長の魔導具《眼鏡》をかけているつもりだ？」

そう問いただしたキュービックの背後に、七色の光が現れた。

孔雀の飾り羽のように広がる七色の光は、アダムに浴びせた〝災害〟の魔法と同じものだ。そのときはクリス――フォーティテュードの不可視の盾によって完璧に防がれてしまったが、アズライにはそれがない。

「この魔法は、過去の大戦時に魔女たちが原罪を相手に駆使していた〝災害〟だ。本来は一発ずつだが、今回も七色同時にしてやる。これができたのは〝天翔《あまがけ》の舞姫〟と呼ばれたフィアーだけだったけどな」

その七つの〝災害〟を内包する光弾が、槍状に変化する。

「おまえがその魔導具をかけているってことは、かけていなければこの世のあらゆる魔力が直《じか》に見えているってことだろう？　魔導地脈だって例外じゃない。だから、それを使えよ。吸い上げると同時に放出しろ。体内に溜《た》め込《こ》むような真似をしなけりゃ魔力崩壊なんて起きやしない」

「そ……そんなこと、できるわけないでしょ！」

「できないって言うのなら、おまえは魔女である資格すらないだけのことさ。死ぬだけだ」

冷徹に言い放つキュービックの言葉に、アズライは背筋を凍らせた。

この男が本気だとわかったからだ。

嘘や誇張でもない、確実に死に至らしめる魔法を放とうとしている。

魔導地脈から魔力を吸い上げ、あの〝災害〟と同等以上の魔法を使えなければ死ぬ。

成功すれば――生き残れる。

ならば、選ぶべき選択肢は一つしかない。

覚悟を決めて、アズライは眼鏡に手をかけて取り外した。

「……！」

そして、目に見える光景に絶句する。

もともとアズライは、物心がついたときから眼鏡をかけており、眠るとき以外に外したことはなかった。外せば眩しすぎて何も見えなくなっていたからだ。

今ならわかる。

その目映い輝きが魔力なのだろう。

そして、その目映い魔力の流れを、目の前の男はいとも容易く吸い上げて七つの棒状の魔力に注ぎ込んでいる。

なんと精緻な魔力操作だろうか。

少しでも制御を誤れば、吸い上げた魔力を抑え込めずに爆発するだろう。

こんな景色は見たことがない。

何より、同じことが自分にもできるとは到底思えなかった。

「今さら泣き言を言うなよ？」

キュービックは、アズライの戦きを見抜いたかのようにそんなことを言った。

「天元の魔女セレスタ＝スーフェンの末裔《まつえい》なら、せめて自分の世界くらい変えてみせろ！」

そして、災害は放たれた。

3

放たれた七色の災害は、別々の軌道で弧を描きながら、アズライに襲いかかった。

その状況を、マルスは微動だにせず見守っていた。

無論、魔法に対する適性が皆無のマルスとて、キュービックが放つ魔法がどれほど強力で強大なのかは感じ取ることができていた。自分に向けられれば、かなり怖いと思う。

それでもマルスがアズライを助けようと動かなかったのは、怖《お》じ気《け》づいて動けなかったからではない。かといって、モルガナが言うようにキュービックが手心を加えて害はないと楽観していたからでもない。

マルスが動かなかったのは、アズライを信じていたからだ。

どれほどの窮地に陥ろうとも、如何なる困難であろうとも、切り抜けられる力があると信じていたからに他ならない。

だからマルスは、最後まで動かなかった。アズライを中心に、吹き飛ばされそうな烈風が吹き荒れようと、耳をつんざくような轟音の稲妻が迸《ほとばし》ろうと、紅蓮の炎が舞い躍ろうと、マルスは最後まで動かなかった。

「……少々、危ういかもしれません」

一方で、マルスとともにその状況を見守り続けていたモルガナが、懸念を滲ませた声を洩らした。

「何を言ってるんだ？　信じろと言ったのはおまえだろう。アズライなら大丈夫だ」

「そのように信頼なさるのは好ましいですが、しかしこれは――」

モルガナが何かを言いかけた、そのときだった。

アズライを包み込んでいた災害が、一瞬にしてかき消えた。まるで机にこぼした水を布で拭《ふ》き取《と》ったかのように、あれほど荒れ狂っていた属性転化された魔力が、痕跡《こんせき》すら残さず消え去った。

後に残ったのは、一つの人影。蹲《うずくま》っているアズライの姿。

「防いだか……！」

キュービックの魔法を消した――ということは、少なくとも同等の威力がある魔法をアズライが使ったのだとマルスは思った。

「……あ、やべぇ」

割と呑気な、しかし明確に危険を察知した言葉を口にしたのは、当事者たるキュービックだった。

直後、アズライの頭上に闇が現れた。

いや、アズライから溢れ出た光を通さない粒子状の〝何か〟が集まり、頭上で球を形作っている。

「くそっ！」

これまで見せたことがない余裕のない表情で、キュービックが光の槍を球状の塊に叩き込んだ――が、その槍は突き刺さりこそしたものの、すぐに拡散して闇に呑み込まれて消えた。

「……〝暴食《グラトニー》〟……」

「なに？」

モルガナの呟きをマルスが聞きとがめたときだった。

直径十メートルほどに膨れ上がった闇の塊が、更なる変化を起こす。闇の中から、大きく太い獣の足が出てきたのだ。片足だけでマルスと同程度の巨大さだ。

そんな巨大な足が四本。胴体ともなれば小型の運搬船では積めないほど大きく、そして何より異質だったのはその頭部だ。

犬の頭である。

ただし、その数は三つ。

文字どおり三頭の首を持つ一匹の巨大なバケモノが、徐々にその姿を現そうとしていた。

「……おい、ちょっと聞きたいんだが……」

マルスは、傍らのモルガナに声をかけた。

「さっき、〝暴食〟と言ったな？　僕の記憶が正しければ、それは原罪の一体だ。まさかアレがそうなのか？」

「いえいえ、そんなまさか」

マルスが懸念を伝えれば、モルガナは首を横に振って否定した。

「あれは原罪の一つ下、言うなれば〝疑似原罪《デミ・ペイン》〟のケルベロスでございます。久方ぶりに見ますが……これだからクリフォトの力に頼るのはやめた方がいいと――」

「おい、モルガナ！」

そこへ、モルガナの話を遮るようにキュービックが駆け戻ってきて声を上げた。

「すまん、追い込みすぎた！　ケルベロスの処理を頼む！」

「また、そういう無茶を……あなたは如何《いかが》なさるおつもりで？」

「俺はバックアップだ。アイツが暴食なら、魔法なんて通じねえ。おまえの補助が関の山だ。そういうわけでマルス」

と、キュービックは元から仲間だったかのようにマルスに声をかけてきた。

「おまえも〝始まりの子〟の魂を持つなら、疑似原罪の相手を頼む」

「おい、アズライはどうなったんだ⁉」

「魔導地脈から魔力を吸い上げ続けてる状態だ。本来なら魔法に転換することで切れるはずなんだが……どうやら具体的な魔法に転換できなかったみたいだ。そのせいで、過剰魔力を外に放出し続け、アレが出てきちまった。だが、ケルベロスを倒せば魔女も目を覚ます。それは間違いない」

「……おまえには、後で言いたいことが山のようにあるぞ……！」

いまいましさを隠そうともせず、それでもマルスはキュービックの指示に従うことにした。この状況を誰よりも理解しているのは、キュービックでありモルガナだ。

あれこれ言う前に、まずはアズライを元に戻す――救わなければならない。

「ケルベロスを倒す手段は二つ。一つは三つの首をほぼ同時に落とすことだが、一つでも残っていればすぐに復活する。もう一つは首だけでなく、まるごと消滅させることだ。それと奴は、〝暴食〟の属性も持っている。ヴァーチェの力しか通じない。物理も魔法も喰《く》われると思え。来るぞ！」

「グルァァァァァッ！」

キュービックの宣言どおり、完全に形を固定したケルベロスの三つ首が、一斉に雄叫《おたけ》びを張り上げる。その咆吼《ほうこう》が衝撃波となって奔《はし》る。

「うおっ⁉」

衝撃波が迫る直前、キュービックとモルガナの二人は揃《そろ》ってマルスの背後に逃げ込んだ。

盾にするつもりか――と、そう考えたマルスの憤りは、ある意味で正しい。

迫るケルベロスの咆吼はガリガリと草原を削っていたが、マルスの直前になると左右に分かれて四散した。フォーティテュードの盾は、ケルベロスの咆吼さえも容易く防ぐ。

「マルス、おまえが盾役だ！　奴を引きつけろ！」

「ふざけるなよ、おまえ⁉」

ちょっとした家屋よりも大きな三つ首のバケモノの注意を引けなど、無茶を言うにも程がある。

はっきり言えば、怖い。

怖くて腰が引けてしまう。

そんな脅えた状態で〝強さ〟を糧に強度を増すフォーティテュードの盾が十全に機能するのか不安になる。

「マルス！　ビビるのは問題じゃねえ。その恐怖に立ち向かえ！　それこそがクリスが認める強さになる！」

「盾についても詳しいな……。だが、そういうことなら！」

怖さはある。おおよそ人の身で立ち向かうような相手でないことは、ケルベロスの巨躯《きょく》を前にすれば理解できる。

だが、このバケモノを倒さなければアズライを助けられないというのなら、一歩たりとも退くわけにはいかない。

「補助いくぞ！　感覚や反射速度が倍加するから振り回されるなよ！」

キューービックがそう言った直後、マルスは自身の身体に内側《うちがわ》から力が溢れてくるのを感じた。見るものはいつも以上にゆっくりに、動く速度は倍に、些細な音の違いも聞き取れる。

それがキュービックの補助、魔法による肉体強化の効果だと理解するのに、それほど時間はかからなかった。

「ガアァァァァッ！」

交互に振り回されるケルベロスの前肢をかいくぐり、マルスが肉薄する。弩弓で至近距離から魔力弾を叩き込むが、黒い巨軀の如何なる場所であれ、着弾すると同時に魔法は効果を発揮せずに消えてしまった。

それが〝喰う〟ということなのだろう。

だとすると、攻撃すればするだけ、ケルベロスのエサになっているのかもしれない。

だが、だからといってまったく為《な》す術《すべ》がないわけでもなかった。その一例を示したのがキュービックだ。

「こいつはどうだ！」

キュービックが両手を地面に押しつけた途端、ケルベロスの足下がぬかるむ泥に変わった。突然足場の安定を失い、その巨軀が大きく傾《かし》ぐ。

直接的な攻撃はすべて喰われるが、間接的な方法ならばいける。

「モルガナ！」

「叫ばないでください。わかっております」

そのとき、モルガナはマルスたちの側を離れてケルベロスの側面に回っていた。

手にはただの石つぶて。

しかしその石つぶてには、物理的、魔力的な障壁も、原罪の防壁さえも貫くフェイスの〝貫通力〟が備わっている。

そして何より、位置取りが巧みだった。

ケルベロスを倒すには、三つの首をほぼ同時に潰す必要がある。しかしモルガナは一人しかおらず、一度に放てる石つぶては一発だ。三発連続で命中させるのは現実的ではない。

その点、真横からなら一発で三つの首を撃ち抜く射線が取れる。

その狙いは、決して間違いではなかった。

放たれた石つぶてはケルベロスの体表に着弾しても喰われることなく、一つ目の首を撃ち抜き、二つ目の首にも穴を開け、そして三つ目の首を――。

「あら……」

二つ目の首まで貫通させた石つぶては、しかし三つ目の首に掠《かす》ることもなかった。

反応して避けられたのではない。

キューービックが足止めのために仕掛けた泥が、思ったよりも深くなっていたようだ。予想よりも大きく沈み込み、狙いが逸《そ》れてしまった。

「嘘だろ⁉」

さすがのキュービックも、三つ目の首が落とせなかったことに驚倒する。あまりにも運が悪すぎる。

「ウオオォォォォォォオン！」

一つ目と二つ目の首が瞬時に復活し、再び三つ首が揃ったケルベロスは、三つの口で遠《とお》吠《ぼ》えをあげた。

「全員伏せろぉぉぉぉぉっ！」

切羽詰まったキュービックの叫びに、マルスはもちろん、モルガナさえもなりふり構わず地に伏せた。

瞬間、太陽の光さえ射さぬ地下の洞窟を照らしていた光が消える。

直後、引っ張られるような不可視の力が全身を襲った。

しかしそれも一瞬のこと。すぐに洞窟内に光が戻り、周囲の状況を確認することができるようになった。

「……なんだ？」

何かがおかしい。どこか妙だ。

その違和感の正体に、マルスはしばらくして気づいた。

広くなっている。

自分の位置から壁や天井までの距離が、目測で一割から二割、遠くなっている。

「これは……！」

ケルベロスが周囲を喰った。

壁も、天井も、下手をすれば空間さえも――一瞬で、すべてを喰い散らかしたのだ。

唯一無事なのは、地面くらいだろう。

それだって、もしかすると喰い散らかすことができるのかもしれない。だが、そこはケルベロス自身も立っている場所。あるいは、自身の姿形を形成する魔導地脈の魔力を吸い上げているアズライが倒れている場所である。

あえて食べ残したのかもしれない。

「グォウ！　ウオォォォウ！」

首も復活し、喰うものを喰って完全に元に戻ったということか。ケルベロスが泥の沼から這《は》い出《で》て再び襲いかかってきた。

狙うのは前に出ていたマルス――ではなく、モルガナだ。

「こいつ――ッ！」

回復したとはいえ首を二つも潰されて、ケルベロスも学習したのだろう。

自分に危害を加えられるのが、この中だとモルガナだけだということを。

「チッ！」

舌打ちとともに駆け出したマルスは、ケルベロスの前肢が振り抜かれるよりも先に割り込んで、モルガナに体当たりをするように突き飛ばした。爪《つめ》の一本が掠ったような気もするが、致命的な痛手は負っていない。

フォーティテュードの盾は、今なお健在らしい。

「モルガナ！　もう一度、奴の首を……！」

「無理ですね」

叫ぶキュービックの指示に、しかしモルガナは否定的な言葉を返した。

「もう二度と、わたくしを側面に向かわせてくれませんわ」

首の一つなら、確実に落とすことができる。動かないでいてくれれば、二発連続の射出で二つ目の首も潰せるだろう。

だが、三つをほぼ同時となると、側面から一気に刈り取らなければ無理だ。

そしてケルベロスは、モルガナがそうするであろうことを警戒していた。モルガナに向かって常に体を正面に構え、キュービックが古代魔法で牽制《けんせい》しても意に介さずに狙いをつけている。

「済まんな、モルガナ。ちょっと我慢しろ」

「はい？　あら……」

一言断りを入れたマルスはモルガナを両手で抱き上げると、急いでその場から退いた。

「キュービック！　責任持って少し時間を稼げ！」

「なんだと⁉　こいつ、魔法さえ喰っちまうんだが⁉」

「知らん！　なんとかしろ！」

そもそもこんな事態になったのは、キュービックが下手を打ったからだ。少しくらいは無茶をさせても罰は当たらない。

それに、策の一つが潰されたのだ。次善の策を練り、実行に移す時間も欲しい。

「こうなれば、最後の手段を講じるしかないかもしれませんわね」

ぽつりと、モルガナがそんなことを言った。

「奴を倒す方法があるのか？」

マルスが驚くのも無理はない。三つの首をほぼ同時に潰すか、まるごと消し去るか、その二つしか倒す方法はないと言っていたはずなのに。

「力の供給源を絶つことです」

ケルベロスが現れたのは、アズライが吸い上げた魔導地脈の魔力が、具体的な魔法として象《かたど》られずに際限なく吸い上げられているからだ。言うなれば、アズライの存在がケルベロスを具象化させている力の供給源と言える。

それを絶つということは――。

「馬鹿を言え。そんな真似ができるか！」

一も二もなく、マルスはモルガナの提案を却下した。

「しかし、このままでは倒せませんわよ？」

「そんなことはない」

「……何かお考えが？」

「考えも何も、方針は変わらない。奴の首を三つ同時に潰すだけだ」

「連射で石つぶてを放っても、三つ目を潰す前に復活されてしまいます。それほど、ケルベロスの回復速度は速いのですよ」

「別にモルガナが三つ潰す必要はないさ。なんとか二つ、処理してもらえれば十分だ」

「では、残りの一つは？　……よもや、わたくしの加護に期待しております？　しかし、わたくしはまだあなたのことを認めておりませんので」

「別に無理して認めろとは言ってないだろ」

「では……？」

「ケルベロスの首を、一つくらい落とせる奴が来るのを待つ」

「……は？」

策と言うにはあまりに都合のいい他力本願な話に、さすがのモルガナもぽかんとした。

しかしマルスの態度からは、もはやそれしかないと確信しているような自信さえ感じられる。

「いい加減、僕らがこんな場所に飛ばされてかなり時間も経っているからな。そろそろ見つけてくれてもいい頃だ」

「それは、いったいなんの――」

そのときだった。

「ウオオォォォォォォン！」

三つの首が同時に遠吠えを張り上げるケルベロス。

再び暴食の嵐《あらし》が吹き荒れる――そう思ったマルスが、モルガナが、キュービックが地に伏せる。

「オォォォン！」

だが、そうはならなかった。

ケルベロスは喰うのをやめて、モルガナへと迫る。

虚を衝く動きだった。暴食を行使する素振りを見せれば、地面に伏せると見越しての欺しだった。

そういうことができるだけの知能を、ケルベロスは持っていた。

「くっ！」

マルスはキューービックの魔法で底上げされた身体能力を十全に発揮し、モルガナを守るようにケルベロスの前に立つ。

フォーティテュードの盾がある以上、マルスの守りは鉄壁だ。ケルベロスの前肢の直撃を受けても死ぬことはないだろうし、鋭い牙《きば》も弾《はじ》き返《かえ》すことができるだろう。

だが、その場から排除されてしまったら、モルガナを守ることはできない。ケルベロスに唯一傷を負わせることができる刃が失われてしまう。

圧倒的な体軀の差がある相手に肉薄された時点で、もはやマルスにモルガナを守る術はなくなっていた。

それでも、マルスは体を強《こわ》ばらせることはなかった。目を瞑《つぶ》るどころか逆に眦《まなじり》を吊り上げ、諦めたりはしない。

そして――。

有り余る巨体を誇るケルベロスが、不自然なほど急激に真横へ吹き飛んだ。

二度、三度と地面を跳ねて転がり、砂埃《すなぼこり》を巻き上げて壁に激突する。

「……来たか」

マルスは、目の前の背中に語りかけた。

あり得ないと思ったことはない。起こりえないと疑ったこともない。

ただ、必ず来ると信じていた。

如何なる闇をも払いのけ、勇気を与え、勇猛さを示す者。

「遅いぞ、アダム」

進むべき〝道《勝利》〟を切り開く英雄の名を、マルスは確かな信頼を込めて口にした。

「これでも急いで来たつもりなんだがな。……で？　これはどういう状況だ？」

「ちょっとな、アズィーが暴走して、あんなバケモノを生み出した。なので僕らは一時的に協力して、アレを倒そうというわけだ」

「マジかよ……」

「バケモノは三つの首をほぼ同時に潰さねば倒せんらしい。アダム、とりあえずおまえに首一つを任せる。右を潰してくれ。あと、こっちに近づけないようにな」

「おまえは……また無茶を言いやがって……」

「できるだろ？」

「……その信頼が重すぎるんだが……まぁ、最善は尽くすけどさ」

答えて、アダムは動いた。強化服の機能はすでに全力全開で開放し、その動きは姿が捉えられない疾風のごとく、ケルベロスに襲いかかった。

「……彼が来ると、わかっていたのでしょうか？」

ケルベロスへ挑みかかるアダムを見送りながら、モルガナがぽつりとマルスに問いかけた。

「こんな狙ったような瞬間《タイミング》で現れるとは思わなかったけどな」

「……なるほど」

それで十分だとばかりにモルガナは頷いて、ケルベロスへ挑むアダムに目を向けた。

強化服の力を借りて地表を駆けるアダムの全力全開の蹴《け》りが、漆黒の巨軀に突き刺さる。

身の毛もよだつような粉砕音を響かせて、ケルベロスが再び地面の上を転がった。

アダムが、一切合切を〝喰い散らかす〟ケルベロスに直接的な痛手を負わせられるのは、ヴァーチェの加護の一つ、フォーティテュードの盾に守られているからに他ならない。

言うまでもなく、アダムもクリスに認められた英雄王アカツキの後継者だ。

真の原罪ならばいざ知らず、偽物《デミ・ペイン》のケルベロスでは本物《ヴァーチェ》の盾を突破することなどできるわけもない。

つまり、アダムの拳《こぶし》や蹴り、手に持ち続けている武器だけは、ケルベロスでも喰うことができなかった。

そのことをアダムが理解していたのかは不明だが、マルスはそれとなく理解していた。

つい先日、暴走した魔導生命の上半身を吹き飛ばしたようなことを、今ここで同じようにできるだろう――と。

「おおぉぉぉぉぉっ！」

さらに疾風の加護を施した強化服の速度も加わり、アダムの連撃が着実にケルベロスの四肢を削《そ》いでいく。

具現化して初めて味わうであろう〝痛み〟に、ケルベロスは抗うように暴れる――が、そのことごとくが空を切り、ついには三つの首をもってしてもアダムの姿を見失った。

「っっらぁっ！」

真上から背骨の部位にのしかかる破壊的な圧力に、ケルベロスの体が大地に沈み込んだ。

「よぉし！」

その機を狙い、キュービックがケルベロスの真下の地面を泥に変えて、立ち直る時間を奪った。

「やれ、モルガナ！」

「では、わたくしは左の首を。中央はお任せします」

好機と見て合図を出せば、モルガナから妙な言葉を返された。

「なんだと？」

「わかりませんか？　我が主」

悠然とした微笑《ほほえ》みとともに返されたモルガナの言葉に、マルスは一瞬驚くが、すぐに口端をあげて笑った。

「いいや、十分だ」

モルガナが石つぶてを放つ。

アダムや動きを束縛する泥に気を取られていたケルベロスの左の首は、警戒する間もなく穴を穿たれて動きを止めた。

「アダム！」

マルスの声に素早く反応したアダムは、フォーティテュードの盾の加護を纏《まと》わせた両手のナイフで右の首を掻き切った。

そして。

「これで終わりだ！」

ケルベロスの中央の首に目がけて弩弓を構えたマルスは、魔力弾ではなく実弾の矢を放った。

引き金を引いた瞬間、普段とは違う衝撃がマルスを襲った。反動で体が仰《の》け反《ぞ》り、堪えきれずに地面を転がった。

放たれた矢は一寸《いっすん》たりともブレることなく、空を切って飛ぶ。

ケルベロスの残った中央の首は、迫る矢を目にすると、本能からなのか、喰らおうと口を開けた――が、それも一瞬のこと。

ケルベロスの口腔《こうこう》へ飛び込んだ矢は、頭部のみならず首元まで消し飛ばし、さらにその背後の壁に突き刺さると、それでも勢いを衰えることなく大きな穴を穿った。

響く轟音。音が遅れてやってきた。

凄《すさ》まじい震動と衝撃に、まるで世界そのものが震えているような錯覚を覚える。

その衝撃が収まり、おそるおそる目を開けると、そこに残っていたのはケルベロスの前肢の一部と後ろの半身のみ。

三つの首どころか、肩から上が跡形もなく消え去っていた。

「おいおい……マジかよ……」

唖然とした声をこぼしたのは、果たしてマルスか、アダムか、それともキュービックだったのか――いまいち現実が受け止め切れていない様子だった。

だが、ケルベロスの残った半身がさらさらと崩れて消えていく様子は、紛れもない現実である。

こうして、偶発的にも顕現した疑似原罪ケルベロスは消滅したのだった。

4

「いやあ、一時はどうなるかと思ったけど、万事丸く収まってよかったよかった」

快活に笑いながら、惨事を引き起こした張本人《キュービック》がいけしゃあしゃあとそんなことを言った。ちっとも反省してないのは一目瞭然《いちもくりょうぜん》であり、マルスもアダムもイラッとしたのは言うまでもない。

「……とりあえず、巨大湖に沈めるか」

「両手両足を縛って、重しを持たせるのも忘れるなよ」

「助けてモルガナ！」

ピクリとも表情を変えない二人に、キューービックは唯一の味方に救いを求めた。

「…………」

助けを求められたモルガナは、曖昧《あいまい》な笑みを浮かべるだけで何も言わなかった。どうやらキューービックは、最後の味方さえ失ってしまったようだった。

まさに自業自得である。

「そもそも、どうしてアズライから……疑似原罪、だったか？　あんなものが出てきたんだ？」

「ふむ……それは道すがら話そう」

「どこへ行くんだ？」

「それはもちろん、魔導戦艦ユグドラシルがある場所だ」

体内魔力が枯渇したのか、いまだに気を失っているアズライはアダムが背負い、一行はモルガナの案内で魔導戦艦ユグドラシルが眠る場所へと移動を始めた。

その最中、キューービックが滔々《とうとう》と語り始めた。

「そもそも魔法とは、その名が示すように〝悪魔の法則〟なんだよ」

「悪魔の法則？」

「世界には、森羅万象を産み出した創造神の定めた法則がある。たとえば、ものは高いところから低いところに落ちる、人は空を飛べない、死者は蘇らない――とかだな。けれど魔法は、そういう創造神の定めた法則をねじ曲げる。まさに天に唾《つば》する悪魔の法則。故に〝魔法〟と呼ばれるわけだ」

そんな悪魔の法則は、何も古代魔法だけを指しているのではない。現代の魔法――魔導具を介して使う魔法でさえも、根源的には同じなのだとキュービックは言う。

ただし、〝魔力〟とは〝悪魔の力〟ではなく〝魔法の力〟を縮めた言葉であり、先に魔法という現象があって、その源となる力だから〝魔力〟と名づけられたものだ。

「じゃあ、その悪魔っていうのがなんなのかと言うと、いずれおまえらが封じ直さなければならない奴らのことだな」

「……原罪か」

マルスの答えに、キューービックは頷いた。

「〝傲慢《プライド》〟のルシファー、〝憤怒《ラース》〟のサタン、〝嫉妬《エンヴィー》〟のレヴィアタン、〝怠惰《スロウス》〟のベルフェゴール、〝強欲《グリード》〟のマモン、〝暴食《グラトニー》〟のベルゼブブ、そして〝色欲《ラスト》〟のアスモデウス……つまり魔法ってのは、本質的に原罪の力を模倣したものってことになる」

「なんだって⁉」

キュービックの言葉に、マルスもアダムも衝撃を受けたように足を止めた。

「それでは僕ら人間は、世界を滅ぼすような原罪の力に頼って文明を成り立たせているって言うのか？」

「ぶっちゃけると、まぁそういうことだ」

頷くキュービックの態度に、マルスもアダムも言葉を失った。

だとすれば人間は、自らを滅ぼすような存在にさえ頼って生きるような愚物ということだ。これほど無様で滑稽《こっけい》な話はない。

「いやいや、一概にはそうとも言えないんだよ」

呆《あき》れるというよりも絶望するように表情を暗くするマルスに、キュービックは慰めるような言葉を投げかけた。

「だいたい、森羅万象を作り出した創造神が、どうして自分の作り出した法則をねじ曲げる存在を許していると思う？　それは決して悪ではないからだ。だから千年前、原罪は倒されずに封じられたんだよ」

別の言い方をすれば、原罪は人間にとって生存権を脅かす破壊と破滅の象徴だが、世界の仕組み――法則の面でみれば必要不可欠の存在であることを示している。

「その証拠に、人間には根源的に魔法を扱う回路が存在しているんだ」

その回路こそ、モルガナが古代魔法に対して蔑称《べっしょう》のように口にする〝クリフォト〟のことだ。そのことを、原罪の仇敵《きゅうてき》とも言えるヴァーチェである彼女は知っていた。

「魔法ってのは、その回路を使って原罪の力を、自分が操りたい形を想像し、変化させ、この世界に放出する技術なんだよ。だが、具体的な形を想像せずに外に放出すると、さっきみたいなことになる」

「つまり人間は……原罪を作り出すことができる――ってことか？」

「そうだな。ガチの原罪じゃなくて、あくまでも擬似的なもんだけどな」

それがあのケルベロス――疑似原罪と呼ばれる存在が出現した理由であり、現代に魔女たちが使っていた魔法の行使方法が伝わっていない理由でもある。

原罪の相手ができるアカツキがいない中、疑似原罪であったとしても出現すれば対処できないからだ。

どうしたって魔法――古代魔法は封印せざるを得なかった。

それが千年前の大戦終結時、魔女たちが下した判断である。

「なら、俺やマルスはヴァーチェの加護を受けておきながら、原罪を生み出すこともできる矛盾した存在ってことなのか？　だとすれば、それは……うーん……」

「ああ、おまえらはちょっと違う」

話を聞いて、アダムが抱いた漠然とした不安を、キュービックはあっさりと否定した。

「おまえらには魔力を魔法にする回路がない。変わりに〝セフィロト〟って回路に置き換わってるはずだ。そっちはヴァーチェの〝神秘〟を扱える回路だな。おまえらの魂の輝きがどうのと、クリスがちょくちょく言ってないか？　それのことだよ」

確かにそういう魂の輝きがどうのとクリスが言っていたことを、アダムは思い出した。

それに、マルスは魔法使いの勉強をしてもまったく使えなかったと言っている。アダムに至っては、魔法の勉強なんてしたこともないので使える使えない以前の話だった。

魔導具だったら上手く使えるのだが。

「しかしそうなると、千年前の戦いにおいて、どうしてアカツキは原罪を封じるのに原罪の力を使いこなす魔女たちに協力してもらってたんだ？」

マルスが疑問に思うのも当然だが、それにもちゃんと理由があるのだとキュービックは言う。

「その魔女に召喚されたから――ってのが最初の理由だが、一番の理由はあれだ」

どうやらキュービックの案内は目的地に到着したらしい。

そこは、わずかに盛り上がった丘の上に環状に組み上げた石積み建造物があるだけの、狭い場所だった。

なのに、とても湖の底のさらに地下深くとは思えないほど、静謐《せいひつ》な空気に満たされている。天然のヒカリゴケで照らされていても空気に陰湿さはなく、それどころか無意識に居住まいを正してしまうような圧を感じてしまう。

「ここは……なんだか古い墓のようにも感じられるが……？」

マルスがそう言えば、キュービックは「半分正解」と答えた。

「ここが、おまえらが目指していた場所――魔導戦艦ユグドラシルだ」

「えっ？」

思いもよらないキュービックの一言に、マルスとアダムは素直に驚いた。

いや、アダムなんかは驚いたというよりも嘘や冗談の類《たぐ》いと思ったようだ。

「魔導戦艦ユグドラシルって〝戦艦〟と名づけられているが、空に浮かぶ空中要塞みたいなもんだと聞いたことがあるぞ。当時、約三千人の魔女が住んでいたっていうじゃないか。でもここは、人が住むような広さもない」

何しろ、空間のほとんどを環状建造物――墳墓に占められている。人の居住空間なんてないに等しい。

「その疑問はもっともだ。そして答えになるのが、〝そもそも魔法とはどういうものか〟って話だな。おまえら、知ってるか？」

キュービックの確認めいた問いかけに、マルスとアダムは頷いた。たとえ魔法が使えなくても、その効果くらいは知っている。

魔法とは、体内魔力や魔導地脈の魔力を使い、術者の想像に形を与えて発動する技術である。だから物理的な法則を無視して魔女は空を飛ぶし、燃料がなくても炎が生み出され、乾いた場所でも水があふれ出す。

また、そういう制御を誤ればどうなるか——その結果は、現代魔法であれば魔導具の核を成《な》す魔石が砕け散り、魔女ならば疑似原罪を生み出すことになる。

「わかっているなら話は早い。魔女はその魔法を使って、この墳墓を中心に空に浮かぶ浮《うき》島《しま》を作り出していたんだよ」

「はぁっ⁉」

それこそあり得ないと、アダムは直感的に思った。

確かに魔法——魔女が行使する古代魔法は、現代魔法に比べれば規格外だ。

だが、それでも空に浮かぶ島を、それも三千人もの魔女が暮らす空中要塞を作り出せるとは思えない。

「建国神話で伝わる魔導戦艦ユグドラシルが古代魔法で形を与えられたものだとしたら、それを維持し続ける魔力はどこにあるんだ？　そもそも、そんな魔法を維持し続けられる魔女が本当にいたのか？」

普通に考えればアダムの疑問はもっともである。

「……もしや——」

しかしマルスは、アダムが来る前にキュービックがアズライに語っていた話を聞いており、そんな規格外の力を持つ魔女の名に心当たりがあった。

「──セレスタ＝スーフェン？」

思い浮かんだ魔女の名を口にすれば、キュービックは「そうだ」と頷いた。

「艦長は魔力操作に関しては比肩する者がいないほど秀でていた。魔導戦艦ユグドラシルは平時の際には魔女たちが暮らす空に浮かぶ島だが、原罪と相対するときは姿を変えて攻守を兼ね備えた戦艦になったんだよ。それを大戦終結まで維持できたのは、間違いなくセレスタの功績だ。そして、そこでいまだに気を失ってる魔女は、そんなセレスタの血を引いた末裔だろうな。同じ目を持っている」

「アズィーが⁉」

「だからそいつには、いずれ蘇るであろう本物の原罪を相手にする際に、この魔導戦艦ユグドラシルを制御してもらわなくちゃならない。まぁ、今回のことで正しく魔法を使う術は学んだはずだしな。たぶん大丈夫だろう」

「いや、しかし……それなら無理に魔導戦艦を復活させなくてもいいんじゃないか？」

可能な限り危険を排除しようとするアダムらしい意見だった。

制御に失敗すれば疑似原罪を生み出してしまう古代魔法。それはつまり、古代魔法を使う味方は潜在的に人類の敵を生み出す可能性を秘めている──とも言える。

確かに千年前なら、地上の七割近くが原罪によって蹂躙《じゅうりん》され、空にでも逃げなければならなかったのだろう。魔導戦艦ユグドラシルに頼る必要があった。

しかし現代では原罪のすべてが封じられ、脅威もない。人々も地上で暮らしている。万が一の避難場所として空中戦艦を考えているのだとしても、三千人規模の広さでは、地上の人間を全員避難させることもできない。

それだったら、アズライに無理をさせてまで古代魔法を使ってもらい、魔導戦艦を復活させなくてもいいように思えた。

「そう考えるのも仕方ないが、残念ながらそうもいかない。原罪の狙いが、この聖墳墓の中に眠っているからだ」

「原罪の狙い⁉」

それもまた、マルスやアダムにとって驚くべき情報だった。

原罪の行動は無軌道に破壊を行う、意思疎通もできない兵器のようなものだと思っていたからだ。

「その……魔導戦艦の中枢――だったか？　それを今、おまえは聖墳墓と言ったな？　やはり墓なのか、それは。……いったい、誰の墓なんだ？」

ここに至る地下洞窟を探索したアズライは、夜空の星をすべて集めて濃縮したような、高密度で膨大な魔力が眠っていると言っていた。

今ならわかる。

それは魔導戦艦を――この聖墳墓を指していたのだろう。

ならば、そんな比べるのも馬鹿らしくなる桁違《けたちが》いすぎる魔力は、聖墳墓で眠る者が内包していた体内魔力だと考えられる。

死してなお体内魔力が残るのか？　という疑問は残るが、マルスにはそうとしか考えられなかった。

「それにはわたくしがお答えしましょう」

そう言って、モルガナが一歩前へ進み出た。

「ここに眠りまするは〝始まりの子《アダムカドモン》〟。森羅万象を産み出した創造神が、その御業《みわざ》によって御身の写し身として創造した最初の生命でございます。そして、我ら七元徳《ヴァーチェ＝セブン》ならびに原罪を生み出した始祖たるお方でもあります」

「――ッ⁉」

モルガナからもたらされた真実は、あまりにも現実味を度外視した話だった。それだけに、マルスもアダムも言葉にならない驚きの声を上げた。

「人間の尺度で言えば、途方もない昔の話でございます。世界を創造した神は、最後に生命を産み出しました。その生命は創造神と瓜二つ――森羅万象を産み出す力さえも宿した完全なる複製体だったのです。しかし――」

しかしその存在は、創造神にとって唯一の失敗作だった。

何故ならば、その複製体はあまりにも完璧だったからだ。

どれほど完璧だったのかといえば、創造神が是としたことを複製体は否と変えることができるほどに完璧だった。

そうなると、そこに矛盾が生じる。

生じた矛盾は、世界の理を歪《ゆが》めてしまう。

故に、創造神が最初に創造した生命は生まれながらに矛盾した存在であることを宿命づけられ、そのせいなのか、決して目覚めることはなかった。

「生まれながらの失敗作。完璧故に滅ぶこともできない創造神の子。この聖墳墓に眠っているのは、その始まりの子の肉体でございます」

決して目覚めることはなく、滅ぶこともないその肉体には、森羅万象を産み出した創造神とまったく同じ能力が宿っている。

アズライが探知し、見つけた際に脅えるほど規格外で桁違《けたちが》いな魔力を宿していたことも、そういう存在だというのなら納得もできる。

「そして始まりの子は、決して目覚めぬとはいっても滅んだわけではございません。その力はわずかながらに漏れ出し、創造神の産み出した世界に影響を及ぼしております。その影響というのが善悪の概念なのです。その善意が我ら七元徳に、悪意が原罪になって、我らは誕生したのでございます」

だからアカツキは原罪を滅ぼすことができず、封じるしかできなかった。

世界を壊すような原罪の贋作《がんさく》になり得る古代魔法の技術も、だから存在する。

そしてこの世は、根源的に善意と悪意が混在することで成り立ち、世界が楽園になる日は永遠に来ない。

「我ら七元徳は、この世の善意を司るとともに知性を宿すことができました。けれど原罪は、悪意とともに本能に則《のっと》って行動するのです。その本能とは回帰――始まりの子の中へ戻ろうとすることです。ですから、この聖墳墓を目指して原罪は行動いたします。今はこうして封じられておりますが、魔導戦艦として蘇ることがあれば、その活動に呼応して原罪たちは目覚めるでしょう」

もっとも、魔導戦艦を蘇らせなくても、そう遠くない未来に原罪の封印は破られるでしょうけれど――と、モルガナは話を締めくくった。

「まぁ、そういう世界創造の因縁もあって、俺はおまえらの実力を試したわけだ。もちろん、今の話を伝えることも含めてだけどな」

と、キュービックは堂々と宣《のたま》った。伝導者を自称していたのも、今となってはわからなくもない。

だが、肝心なことがまだ謎《なぞ》のままだ。

「なら最後に教えてくれ。……そこまで千年前の大戦や、それ以上の創世神話にさえ詳しいおまえは、いったい何者なんだ？」

「あぁ？　なんだよ、まだわかんねぇのか？　淋《さみ》しいねぇ……」

キュービックは、わざとらしいほど露骨にため息を吐いた。

「俺は――」

「あの、ちょっとすみません」

と、そこへモルガナが遠慮がちに挙手して割り込んできた。

「先に、隔離しているクリスを連れて参ります」

「……あ」

モルガナの一言に、キュービックは顔色を青くした。どうやら、すっかり忘れていたらしい。

「ちょっ、まっ――」

慌ててモルガナを呼び止めようとするが、遅かった。

一瞬姿が消えたかと思えば、すぐにモルガナは戻ってきた。

表情を一切なくし、まるで憤怒の原罪を彷彿させる怒気を滲ませたクリスを連れて。

「ああ……ああ、そうなのね。やはりそうだったのね」

モルガナに連れてこられたクリスは、キュービックを恨みがましく見据えて、まるで幽鬼のように怨嗟《えんさ》の念がこもった声を出した。

「その顔、その態度、そのいい加減さ……間違いなくあなたみたいね……アカ、ツ、キ」

「えっ？」

「んっ⁉」

クリスが最後にこぼした名称に、マルスとアダムは我が耳を疑った。

今、クリスはキュービックを指して〝アカツキ〟と言ったような気がする。

七元徳の一柱にして〝剛毅《ごうき》〟を司るフォーティテュードが、良くも悪くも感情を込めて〝アカツキ〟などと呼ぶ相手は、おそらく過去にも未来にも一人しかいない……はずだ。

「おい、クリス。そいつは――」

「ふんっ！」

はっきりさせようとしたその矢先、キュービックはクリスが渾身の力を込めて繰り出した右拳を腹に叩き込まれて吹っ飛び、地面を転がっていた。

――やっぱり違うかもしれない……。

そう思う一方で、普段は冷静沈着なクリスが、こうも感情をあらわにするのなら、万が一ということもありそうだ。

「おい、クリス。そいつって、もしかして本当に――」

「ああ、お二人とも！　ご無事でなによりです」

マルスが話しかければ、クリスは普段の従者に戻って頭を下げてきた。

「申し訳ございません。不覚を取りまして、今まで身動きが取れない状況にありました。

けれどご安心ください。しかるべき罰を下して参ります」

　よほど腹に据えかねているのか、早口でまくし立てたクリスは、再びキュービックに向き直った。

「そういうわけでアカツキ、もう過去に話していた役目も終わったでしょう？　とっとと退場してください。この世から」

「ふざっ……げほっ！　おまっ、盾で殴るなよ！　生身だったら死ぬぞ！　マジで！」

「お黙りなさい。何をひ弱なことを言っているのです？　千年経って性根が惰弱になりましたか？　私が手ずから鍛え直してあげましょう」

「え……？　おまえ何言ってんの⁉　ここには始まりの子の聖墳墓があるんだぞ？　傷つけるわけにはいかないだろ！」

「そうですね。だから動かないでくださいね」

「目が笑ってない⁉」

　これは本気で命の危機だと悟ったのか、キューービックは一目散にその場から逃げ出し、クリスは無表情のままその後を追いかけた。これでは話を聞くどころではない。

「……モルガナ」

　仕方ないので、残ったヴァーチェに話を聞くことにした。

「キューービックは、本当に……その……建国の祖アカツキ＝ディアモントなのか……？」

「そのとおりでございます、我が君。……残念ながら……」

どうやらマルスのことを新たな主として認めたらしいモルガナは、これまでとは違ってかなり素直になって教えてくれた。

ただ、気にするべきことはそれではない。

「いやでも、アカツキは千年前の人間だろ？　歴史にも没年は残っているし、享年は七十四歳だったはずだ。でも、キューービックは僕とそんなに変わらない歳に見えるぞ⁉」

「申し訳ございません。説明が足りませんでした」

モルガナは従順を示すように詫《わ》びて、さらに説明してくれた。

「彼はアカツキ本人であり、アカツキの複製体でもあります。複製体と申しましても、創造神と始まりの子のような関係ではなく、没年時の記憶を移植された魔導生命《ホムンクルス》なのでございます」

「魔導生命だって⁉」

マルスとアダムが驚倒するのも無理はない。二人が知っている魔導生命といえば、つい先日、ピュリア街道で暴れた全長七メートルはあろうかという巨人のことだ。

けれどキューービックは、そんなに大きくもないし普通の人間との差異も見つけられない。どこからどう見ても人間だった。

「我が君がご存じなのは、千年前の大戦当時に作られた対原罪用の試作型でございましょう。しかしキュービックの体は、大戦終結後、改良を重ねて完成した最終型でございます」

「なんで大戦終結後にそんなものを……？」

「生前のアカツキ様は、いずれ原罪が蘇ることを理解しておりました。そのときに、ご自身が体験された経験を次代――つまり我が君にお伝えするべきものとお考えになったのです。しかし口伝や碑文で残すには、時代を経るほどに齟齬《そご》が生じるものでございましょう。故にアカツキ様は、ご自身の言葉で伝えるのが最善と判断し、記憶をそのまま移植した魔導生命を作られたのです」

それがキュービックの正体だと、モルガナは白状した。

さらに付け加えるのなら、今のキュービックはあくまでもアカツキの複製体。そこに記憶はあるけれど魂はなく、かつて七元徳が認めた魂の輝きは失われている。

また、始まりの子の魂の輝きを持つ者が先天的に使えない古代魔法を扱っているのも、そこにアカツキ本人の魂が宿っていないからだと言う。

「生前のアカツキ様は、ご自分で魔法が使えないことを嘆いておりました。そのため、複製体にはクリフォトの力に適応した処置が施される運びとなったのです」

「しかし……魔導生命なら原罪に乗っ取られてしまうんじゃないのか？」

「それは自我を持たない試作型の話でございましょう。アカツキ様の自我を移設されたキュービックならば、その可能性は極めて低いと思われます」

魂はなくとも自我を持っていれば、原罪の侵食を防げるということらしい。ならば、いずれ原罪が復活した際に敵に回る危険性もなさそうだ。

「それならいいんだが……そうか、過去の大戦を正しく伝えるために、初代はそんなことを……」

死してなお、後の世に現れるであろう原罪の脅威を憂い、死後の安寧を捨ててまで危機を伝えようとした志には、子孫である二人は頭が下がる思いだ。

さすがは英雄王アカツキであると思わずにはいられない――が。

「あんなのが……ご先祖……」

「なんか……がっかりだよ……」

そんな偉大な先祖の記憶を宿し、アカツキ本人といっても差し支えないであろうキュービックは、怒り狂うクリスから半泣きで逃げ出している。

その姿には、尊敬できる要素など微塵《みじん》もなかった。

エピローグ

巨大湖のあるアルマンディーの町と王都を結ぶ街道を、一台の幌《ほろ》馬車が進んでいく。

その馬車を操っているのはアダム＝ダイアン。そして馬車の中には、ディアモント王国の第一王子マルス＝ディアモントと近衛《このえ》侍女のクリス＝ベルーラ、さらに王都の城下町にある老舗《しにせ》食堂、麗《うらら》かな春の日差し亭で給仕を務めているアズライ＝オブシディアンの三人が乗っていた。

「最悪だわ……」

悔しさをかみ殺したようなアズライのそんな言葉は、果たして何度目だっただろう。

「ヴァーチェ研究の第一人者として、あたしは失格よ……」

自責的なセリフを繰り返し、鬱々《うつうつ》とした感情を垂れ流しているアズライが悔やむことと言えば、もちろん一つしかない。

千年前の大戦において、英雄王アカツキとともに戦ったヴァーチェの一柱であるフェイスことモルガナ＝ヴェールを取り逃がしてしまったことだ。

「三日も寝込むなんて……三日も寝込んだ上に、起きたらいなくなってるだなんて……本当にあたし、なんでこんな……うううう……」

「いい加減、諦《あきら》めろよ」

起きてから今に至るまで、ことあるごとに嘆いているアズライに、マルスがさすがに鬱《うっ》陶《とう》しさを感じて窘《たしな》めた。

「魔導戦艦を荒らそうとした僕らは、幸いにもあの二人組に見逃され、い、い、命があっただけ有りがたいと思えよ」

——というのが、キュービックの指導で古代魔法の正しい使い方を叩《たた》き込《こ》まれ、ケルベロスを生み出して三日間も意識を失っていたアズライから、モルガナを遠ざけるための方便だった。

何もそれは、意地悪をしているのではない。

ヴァーチェのことを深く知ろうとすれば、創造神や始まりの子《アダムカドモン》の話は避けて通れなくなる。そうなると、七元《ヴァーチェ＝セブン》徳と原罪《ペイン》が根本を同じくする表裏一体の存在ということも明るみに出てしまうだろう。

それを個人の胸の内で収めておくのなら問題ないのだが、アズライはヴァーチェ研究の第一人者を自負する研究者であり、裏取りの取れた情報は世間に公開する流れになるのは想像に難くない。

それはマズイ。

何がマズイのかと言えば、一番はやはり、ヴァーチェや原罪が〝実在する〟という情報が世間に広まってしまうことだ。

キュービックやモルガナから伝えられたように、原罪は始まりの子の悪意が形を持った存在だ。脅《おび》えや恐れ、妬《ねた》みや恨みといった悪徳の感情によって活性化する。

そうなると、この世界にはいまだ原罪が存在し、単に封印されているだけという情報は、広まることで人々の不安を煽《あお》り、結果として原罪の復活を早めることに繋《つな》がってしまう。

そうなることを避けるためにも、残念ながらアズライには、ヴァーチェは手の届かない存在であり続けなければならないのだ。

「それに、アズライには得るべきものがあったろ？　古代魔法の正しい使い方がわかったんじゃないのか？」

「それは……まぁ……うぅ～ん……」

両手をワキワキと動かしながら、曖昧《あいまい》な返事をするアズライ。

ケルベロスのことは覚えていないらしいが、三日も意識を失ったことは軽く精神的に参っているらしい。古代魔法そのものに対して、わずかながら苦手意識が芽生えてしまったようだ。

「それよりもやっぱり……あぁ、惜しいことをしたわ……」

そして最後には、自責的な感情に戻ってくるアズライだった。

この面倒臭い状態は、しばらく尾を引きそうだなとマルスは思った。

「もう一度、あの二人に……せめてどっちかだけにでも会えないものかしら……」

モルガナだけなら、間違いなくもう一度会うことになるだろう。ただし、そのときは原罪が復活したときになってしまうだろうけれど。

そんなモルガナは、そのときが来るまで引き続き聖墳墓を守り続けるらしい。ただ、マルスのことは新たな主として認めたようで、クリスを通じて呼びつければ王都にも素直にやってくるだろう。

ただ、キュービックの方はどうかわからない。

マルスとアダムに伝えるべきことを伝えたキュービックは、所在のわからない残りのヴァーチェたちを探すと言って旅に出てしまった。

今さら王都へ戻っても仕方がないし、かといって目的もなくダラダラと過ごしていても現代に復活した意味がない。

それならば、原罪が復活するその前に、千年経《た》った世の中を見て回ると同時に、一柱でも多くのヴァーチェを見つけてマルスやアダムに引き合わせた方がいい——そう考えてくれたようだ。

「そういえばクリス、キュービックとの別れ際に何か渡していたようだが、何だったんだ?」

アズライが再び悶《もだ》えるのを見て、駆者席《ぎょしゃ》に移動しようとしたマルスは、その前にふと気になったことをクリスに聞いてみた。

「フィアーの手記です。なんだかんだ言って仲睦《むつ》まじい二人でしたから、あの手記はアカツキの複製体であるキュービックが持っておくのが一番だと思いまして」

今のアカツキ——キュービックにとって、千年経ったこの世界は異世界に等しい。ある種、天涯孤独のようなものだ。

そんな彼にとって最愛の妻であるフィアーの手記は、千年の昔においてきた過去と、現代を繋ぐ唯一のものだった。

「それに、あの手記には召喚についても書かれてありまして」

「ああ……そういえばアズィーがそんなこと言ってたっけ」

「その召喚というのが、アカツキをこの世界に招いたマース＝グライバーの召喚魔法を解析した内容だったのです。あの手記に書かれてあった内容なら、もしかすると、アカツキが元の世界に帰れるのではと思いまして……」

「そうだったのか。……しかし、彼が召喚されたのは千年前だろう? 彼自身、もはや元の体じゃないし……どうするんだろう?」

「それは彼がご自分でお決めになることです」

「そうか……それもそうだな」

どういう決断を下すかはアカツキ——キュービック次第。望郷の念は本人にしかわからないし、帰るにしろ帰らないにしろ、クリスが言うように外野が口を挟むことではないのかもしれない。

マルスはそう結論づけて、馭者席に移動した。

鬱々としたアズライがいる幌馬車内とは打って変わって、外は暖かな日差しが射《さ》すいい天気だった。その柔らかな日差しを浴びるだけでも気分転換になりそうだ。

「……それで、これからどうするつもりなんだ？」

マルスがのんびり日光浴を満喫していると、馭者をやっていたアダムが小声でそんなことを聞いてきた。

「そうだなぁ……モルガナからいまいち価値のわからない指輪や首飾りを貰《もら》ったから、それを換金して、それでも五千万に届かなかったら、そのときはそのときだな」

「じゃなくて！　……原罪のことだよ」

「それこそ、復活するまでできることなんて何もない。おまけに、いつ復活するかもわからないときている。だったら気に病むのなんて無駄だろう？　そのときが来るまで、今の平和を甘受するのが一番さ」

「おまえは……なんというか、凄《すご》いな。その物怖《ものお》じしない堂々とした態度、俺も少しは見習いたいもんだ」

アダムがマルスの豪胆さに感心していると、逆にマルスの方が「何を言ってるんだ」と呆《あき》れていた。

「かつてアカツキは、魔女やヴァーチェの協力があったとはいえ、一人で原罪を封じたんだ。それに対して、僕には同じように魔女やヴァーチェの協力がある上に、同じ宿命を背負ったおまえがいる。アカツキが一人で挑んだ相手に、僕らは二人で挑めるんだぞ？　戦力は倍だ。脅える必要がどこにある」

「そういう問題か？」

「そういう問題さ」

呆れるアダムに、マルスはきっぱりと断言した。

その迷いのない信頼こそ、マルスだけがモルガナに主と認められた所以なのだろう。

「だからさ。頼りにしてるぞ、〝我が剣《アダム》〟」

「ったく……その期待には応《こた》えてやるよ、〝救世の王《マルス》〟」

肩をすくめて答えるアダムに、マルスはくすぐったそうに苦笑した。

あとがき

初めまして、あるいはご無沙汰しております、氷川一歩《ひかわあゆむ》です。この度は本著『千年王国の盗賊王子　聖櫃の守護者』をお手に取っていただき、誠にありがとうございます。おかげさまで、こうして無事に二巻目を皆様にお届けすることができました。楽しんでいただけましたら幸いです。


えー、さて。

今回もあとがきは二ページだそうです。

んー……そうですね、ここ最近、コンビニとかで売ってる百円ちょっとのバニラアイスを買ってきてですね、チョコレートソースをかけて食べたりしてます。

お皿に盛って、ちょっと整えれば、あっという間にお店のスイーツに大・変・身！　皆様も是非、お試しあれ。

とまあ、このような些細な楽しみ方で日々を生きております。

それ以外ですか？

特には……これといって……ええ、はい……。

さて！

気を取り直して、それでは最後に謝辞を！

表紙・挿絵を担当してくださった硝音《しょうおと》あやさん、前回に引き続き、今回も素敵なイラストをありがとうございました。担当さんにもいろいろとご助力いただきまして、誠に感謝しております。

また、本作が世に出るまでにご尽力くださいました多くの方々に、この場を借りて御礼申し上げます。

そして何より、お手に取っていただいた読者の方に最大級の感謝を。ありがとうございました。

それではまた、次の物語でお会いしましょう。

二〇一八年五月吉日　　氷川一歩

『千年王国の盗賊王子　聖櫃の守護者』、いかがでしたか？
氷川一歩《ひかわあゆむ》先生、イラストの硝音《しょうおと》あや先生への、みなさまのお便りをお待ちしております。

氷川一歩先生のファンレターのあて先
〒112-8001　東京都文京区音羽2-12-21　講談社　文芸第三出版部「氷川一歩先生」係
硝音あや先生のファンレターのあて先
〒112-8001　東京都文京区音羽2-12-21　講談社　文芸第三出版部「硝音あや先生」係

N.D.C.913　236p　15cm

氷川一歩（ひかわ・あゆむ）
7月30日生まれ、獅子座のAB型。神奈川県在住。別名義でノベライズなども手がける。
他の著作に『幻獣王の心臓』をはじめとする「幻獣王」シリーズ（全3巻）がある。

講談社X文庫

white heart

千年王国《せんねんおうこく》の盗賊王子《とうぞくおうじ》　聖櫃《せいひつ》の守護者《しゅごしゃ》

氷川一歩《ひかわあゆむ》

●

2018年7月3日　第1刷発行

定価はカバーに表示してあります。

発行者――渡瀬昌彦
発行所――株式会社　講談社
東京都文京区音羽2-12-21 〒112-8001
電話　編集 03-5395-3507
販売 03-5395-5817
業務 03-5395-3615
本文印刷ー豊国印刷株式会社
製本――株式会社国宝社
カバー印刷ー半七写真印刷工業株式会社
本文データ制作ー講談社デジタル製作
デザインー山口　馨

ISBN978-4-06-512198-6

講談社X文庫ホワイトハート・大好評発売中!

千年王国の盗賊王子

氷川一歩
絵/硝音あや

王子様と最強盗賊が共犯関係に!? ディアモント王国の王子・マルスは偶然、盗賊団の首領・アダムの正体を突き止める。マルスが口止め代わりにアダムに要求したのは、盗賊団の一員になることで……。

幻獣王の心臓

氷川一歩
絵/沖 麻実也

おまえの心臓は、俺の身体の中にある。高校生の西園寺颯介の前に、一頭の白銀の虎が現れた。〝彼〟は十年前に颯介に奪われた心臓を取り戻しに来たと言うのだが……。相性最悪の退魔コンビ誕生!

幻獣王の心臓
四界を統べる瞳

氷川一歩
絵/沖 麻実也

最愛の妹の身に、最悪の危機が迫る!? 幻獣王の琥珀となりゆきでコンビになってしまった颯介は、その特殊能力に惹かれた人外の者たちにつけ狙われる日々を送るが……。急転直下のシリーズ第二弾!

幻獣王の心臓
常闇を照らす光

氷川一歩
絵/沖 麻実也

幻獣の頂点に立つのは誰だ 特別な〝眼〟の持ち主ゆえに、人外の者たちを惹きつけてしまう颯介と妹の奏。そしてついに激化する幻獣たちの戦い。颯介と心臓を共有する琥珀の運命は!?

流離の花嫁

貴嶋 啓
絵/椎名咲月

閉ざされた心の扉を開くのは——!? 和睦のため敵国に嫁がされた皇女イレーネは、異国の地で妃に迎えられたその晩に、王ジャファルに斬りかかる。「殺してほしいのか?」と鋭利な双眸で迫られ!?